Diogenes Taschenbuch 23465

de
te
be



In Liebe

Weinachten 2005

Alfred Komarek

# *Die Villen der Frau Hürsch*

*Roman*

Diogenes

Lizenzausgabe mit
freundlicher Genehmigung
des Haymon-Verlags, Innsbruck-Wien

Umschlagfoto von
Hans Gsellmann

Der Roman spielt vorwiegend im
Ausserland im Steirischen Salzkammergut.
Die örtlichen Gegebenheiten und der historische
Hintergrund entsprechen der Wirklichkeit.
Eine Villa Muthspiel hat es allerdings nie gegeben,
und auch Mizzi Käfer ist Fiktion.
Die Menschen der Gegenwart sind frei erfunden,
und das Wirtshaus ›Zum Elch‹
werden Sie vergeblich suchen.

Veröffentlicht als Diogenes Taschenbuch, 2005

www.diogenes.ch
150/05/52/1
ISBN 3 257 23465 1

## 1

Einer von diesen unwirklich schönen Sommertagen. Andachtsblau der Himmel, lustblau der See. Dazwischen helles Kalkgebirge, Wiesengrün und Waldgrün.

Der kleine Daniel Käfer zitterte, weil er vom Schwimmen und Tauchen nie genug bekommen konnte. Jetzt aber spürte er warmes Holz unter sich und Sonnenhitze auf dem Rücken. Er hob den Kopf, schaute zum anderen Ufer hinüber und sah gleißende Lichter auf dem Wasser tanzen.

Der große Daniel Käfer schloß die Augen und ließ die alten Bilder leuchten. Ferienzeit im Salzkammergut. Privatquartier beim Schulrat Köberl, am Ortsrand von Bad Aussee. Das Zimmer mit den schrägen Wänden und dem fast immer offenen Fenster. Über den Gemüsegarten hinweg ging der Blick zu einer Blumenwiese, auf der Obstbäume standen. Die Eltern wohnten im Erdgeschoß, im komfortableren Gästezimmer, wo es fließendes

Wasser gab. So konnte er ungestört in den Romanheften lesen, die ihm sein hiesiger Freund, der Toni, zusteckte. Noch viel lieber saß er einfach da und schaute in die Nacht hinaus. Nur eine entfernte Straßenleuchte brannte einen gelben Fleck in die Dunkelheit. Die Luft roch nach Gras und Wald. Das leise Plätschern und Rauschen des nahen Baches störte die Stille nicht. Nie wieder hatte sich Daniel Käfer so sehr in der Welt und in sich geborgen gefühlt.

Gut drei Jahrzehnte waren seit damals vergangen. Diesmal war die Nacht hell und laut, und die Fenster blieben besser geschlossen. Frankfurt ist eine aufdringliche Stadt, dachte Käfer, zu viel Geld, zu viel Kriminalität und zu viele schlechte Bücher zur Messezeit. Unwillig öffnete er die Augen. Und dann noch dieses gnadenlos stilsichere Designerhotel. Kühle Ästhetik, funktionell, originell und von anmaßender Schlichtheit. Was zum Teufel hatte er hier zu suchen? Er blickte auf seine abgetragene Cordhose und sah auch den Rotweinfleck am Hemd. Er hatte erst gar nicht versucht, ihn auszuwaschen. Wozu auch? Immerhin stammte der Fleck von einem Barbaresco Asili, Riserva 1996, aus dem Piemont – und er markierte einen denkwürdigen Wendepunkt im Berufsleben des Daniel Käfer.

Kaum zwei Stunden war es her, als sein Freund und Vorgesetzter, Bernd Rösler, vorsichtig den Korken gezogen hatte und dunklen Wein in eine Dekantierkaraffe gleiten ließ.

»Guten Flug gehabt, Daniel? Mehr als Business Class ist auch für leitende Mitarbeiter des Hauses nicht drin. Sparsamkeit ist angesagt.«

Käfer roch an der Flasche und las das Etikett.

»Von wegen. Unter hundert Euro ist so einer kaum zu haben. Und dann noch der Sondergastraum nur für uns beide? Ich muß schon sagen!«

Rösler hob das inzwischen gefüllte Glas.

»Ehre, wem Ehre gebührt. Stoßen wir darauf an, Daniel. Und auf dein neues Leben.« Käfer hob sein Glas, schwieg und neigte fragend den Kopf.

Rösler lächelte unsicher. »Du ahnst was, wie? Also dann: Wir können uns den *IQ* nicht mehr leisten.«

»Das hast du wirklich schön gesagt.«

»Deine Ironie habe ich erwartet, sie steht dir zu und sei dir gegönnt. Aber du weißt doch so gut wie ich, daß die schöngeistigen Verlags-Flaggschiffe eines nach dem anderen gegen den Eisberg der Rentabilitätsrechnung gesteuert werden. Das trifft jetzt auch dein Blatt, den *IQ*. Der Redaktionssitz in München ist sauteuer. Das überqualifizierte Personal ist purer Luxus. Und für die Honorare, die du an deine zugegebenermaßen brillanten Gastautoren zahlst, fehlen nicht nur mir die Worte.«

»War früher kein Thema, das alles, nicht wahr?«

»Früher, früher! Das war noch unsere Zeit, Daniel. Wir elitären Wichte sitzen heute als Säulenheilige hoch oben und sind extrem absturzgefährdet. Wenn ich nicht mein relativ weich gepolstertes Nest im Vorstand hätte... Quote oder Auflage adeln jeden Schwachsinn. Und Qualität, die nichts oder wenig einbringt, hat keinen Wert.«

»Dann bin ich also freigestellt?«

»Eben nicht, Daniel. Im Gegenteil. Du machst Karriere.«

»Aber ohne *IQ*.«

»Nicht einmal ganz ohne. Dein Magazin wird weiterhin erscheinen, fallweise wenigstens, wenn sich intellektuell, aber auch kaufmännisch relevante Themen finden. *Special Interest*, du verstehst.«

»Redaktioneller Lockstoff für Inserate.«

»So ähnlich. Muß deswegen ja nicht schlecht gemacht sein. Außerdem wird dein wichtigstes Aufgabengebiet woanders liegen.«

»In der Ablage?«

»Sehr witzig. Wir machen dich zum Kreativdirektor, hier, in der Konzernzentrale.«

»Gut. Dann wird es den *IQ* wieder geben.«

»Wird es nicht. Statt auf teure Ideen zu kommen, sollst du die schöpferische Kraft im Hause bündeln, straffen und profilieren. Und zwar medienübergreifend.«

»Damit noch mehr Mist mit noch weniger Aufwand ausgestreut werden kann.«

»Mist bringt reiche Ernte, Daniel. Und vielleicht ist die Zeit irgendwann wieder einmal reif für edlere Produkte.«

»Nein.«

»Was soll das heißen?«

»Nein, danke.«

»Wir haben noch gar nicht über das Geld gesprochen und über andere ziemlich unwiderstehliche Details deines Vertrages.«

»Ich weiß was Besseres, Bernd. Wir leeren jetzt miteinander in aller Ruhe diese Flasche, reden von alten Zeiten, lästern über die Gegenwart und bleiben gute Freunde.«

»Deine Entscheidung wird auf blankes Unverständnis und Befremden stoßen. Ich sag dir was, Daniel...«

»Was denn?«

Jetzt grinste Rösler.

»Ich freu mich schon auf die blöden Gesichter.«

Der Zimmerkühlschrank war ein Kubus aus poliertem Edelstahl. Nach einigen Versuchen hatte

Käfer herausgefunden, daß man leicht gegen die Vorderseite drücken mußte, um ihn zu öffnen. Das tat er ziemlich oft in dieser Nacht. Nicht weil sein Lebenswerk in wenigen Wochen nur noch Erinnerung sein würde. Er hatte diese Entwicklung kommen gesehen, und zunehmend lästige Einmischungen hatten ihm die Freude an der Arbeit mehr und mehr verdorben. Nein, es ging nicht darum, Kummer wegzutrinken.

Daniel Käfer erlebte sich nach vielen erfolgreichen, aber auch mühsamen Berufsjahren unvermutet als freier Mann. Es gab zwar keine nennenswerten Ersparnisse, aber Rösler hatte ihm eine wirklich großzügige Abfertigung zugesagt. Den Kolleginnen und Kollegen aus der Redaktion würden im Konzern neue Aufgaben angeboten werden. Er konnte also unbeschwert über sein künftiges Leben bestimmen.

Als Chefredakteur und Herausgeber war er kaum noch zum Schreiben gekommen. Vielleicht wagte er sich jetzt an ein ehrgeiziges Werk? Oder sollte er einen kleinen Verlag gründen, als Antithese zu umsatzgeilen Medienfabriken?

Es stand ihm frei, sich als Aussteiger am Rande der Leistungsgesellschaft zu versuchen, als Quereinsteiger in der Politik, was immer. Er konnte es sich leisten, Weinbauer zu werden, Olivenzüchter oder Gastwirt. Daniel Käfer sah sich unvermutet mit einer großen, reich gefüllten Spielzeugkiste beschenkt. Darüber freute er sich, war fast schon übermütig. Er konnte sich nicht erinnern, in den letzten Jahren je in einer solchen Stimmung gewesen zu sein.

Morgen, mit dem Rückflug nach München, fing vorerst noch einmal der Ernst des Lebens an. Heute war eine kleine Orgie fällig, auch wenn sie nicht ins Hoteldesign paßte.

Er trank, aß salzige Erdnüsse und süße Schnitten, dachte nach und lachte halblaut, wenn eine besonders verrückte Idee des Weges kam. Allmählich wurde er müde, verfing sich in Träumen, holte Erinnerungen hervor und fand sich zwischendurch in der Gegenwart wieder. Ein seltsamer Tag. Rösler hatte nicht ohne Grund von einem neuen Leben gesprochen.

Erst nach und nach nahm Käfer ein wohltönendes, metallisch sprödes Geräusch wahr. Ach so, das Telefon, Klangdesign, was sonst. Unwillig griff er zum Hörer.

»Wer ruft mir?«

»Als faustischer Erdgeist bist du nicht sehr überzeugend, Daniel, schon gar nicht betrunken.«

»Sabine! Wie schön…«

»Schon gut. Ich konnte nicht früher anrufen. Sag, was war heute?«

»Mein *IQ* ist ab sofort verzichtbar.«

»War zu befürchten. Und weiter?«

»Ein unkeusches Angebot. Kreativdirektor. So etwas wie ein Trommler für Galeerensträflinge.«

»Soll das heißen, du hast abgelehnt?«

»Ja.«

»Das sieht dir ähnlich, Daniel.«

»Du meinst, es war idiotisch?«

»So deutlich wollte ich nicht sein.«

»Es geht mir gut dabei. Gut wie selten zuvor.«

»Das ändert sich spätestens mit einem verkaterten Morgen.«

»Vorübergehend vielleicht. Aber nicht wirklich. Laß es dir erklären.«

»Laß uns in München darüber reden, nüchtern.«

»Wie es so deine Art ist.«

»Ja. Und ab ins Bett mit dir.«

Käfer konnte lange nicht einschlafen. Er dachte an Sabine Kremser, die sich seit Jahren damit abmühte, ihm eine gute Freundin zu sein, trotz aller Gegensätze und Probleme. Er paßte offenbar nicht zu ihr, doch andererseits entsprach es ihrem Lebensplan, Hindernisse aller Art zu überwinden. Er hingegen nahm Sabines Rolle als Ordnungsmacht in seiner durchwegs chaotischen Existenz liebend gerne hin.

Du bist ein Egoist, Daniel, murmelte er und ahmte dabei unwillkürlich den Tonfall seines Vaters nach, wenn er eben diesen Satz zu ihm sagte. Er fiel meist in Verbindung mit dem älteren Bruder, dem Heinz. Der hatte schon ein Moped, ein Mädchen und zwei Nylonhemden, als Daniel noch in den Kinderschuhen steckte. Mit einem, dem die Welt zu Füßen lag, brauchte ein Kind seine vom knappen Taschengeld erworbene Tafel Schokolade doch nicht zu teilen. Aber der Vater bestand darauf. »Neid und Habgier sind etwas für gewöhnliche Leute«, pflegte er zu sagen. »In unseren Kreisen geht man kultiviert miteinander um.« Daniels Mutter begleitete pädagogisch wertvolle Sätze ihres Gatten stets mit einem mahnenden Blick und wiederholte die Worte dann etwas leiser.

Das triumphierende Grinsen, mit dem Heinz die Schokoladenhälfte von seinem kleinen Bruder entgegennahm, war zwar alles andere als kultiviert gewesen, doch darüber wurde vornehm hinweggesehen.

Als dann die Eltern starben, erst der Vater, bald auch die Mutter, und Daniel nicht mehr zum kultivierten Umgang mit seinem Bruder angehalten wurde, vertrugen sich die beiden merklich besser.

Als Rechtsanwalt hatte Heinz die Jahre hindurch seinen Bruder immer wieder davor bewahrt, leichtfertig den Tücken des Alltags zu erliegen. Als Gegenleistung ließ ihn Daniel dann und wann ein wenig von der Kunst kosten, das Leben zu genießen. Du bist ein Egoist, Daniel, wiederholte er, diesmal ohne väterliche Betonung, und schlief endlich ein.

## 2

»Darjeeling, second flush. Recht so?«

Daniel Käfer stand in der Küche seiner Münchner Wohnung und stellte zwei Teekannen bereit. Sabine Kremser musterte ihn stirnrunzelnd.

»Wie du meinst. Also ich nehm einfach irgendwelche Teabags.«

»Ja, du.«

Er wärmte die Kannen mit heißem Wasser, gab Teeblätter in eine der beiden und goß mit kochendem Wasser auf.

»Anregend oder beruhigend, Sabine?«

»Beruhigend.«

»Dann darf er also länger ziehen. Kandis?«

»Ja, meinetwegen.« Sie schaute ihm ungeduldig zu, wie er bedächtig die Tassen vorbereitete.

»Also, wie geht das jetzt weiter mit dir, Daniel?«

»Ja, was soll ich sagen? Ich bin ein freier Mensch. So frei, wie ich als kleiner Bub war, der davon träumen durfte, Lokomotivführer, Feuerwehrmann oder gar Pilot zu werden.«

»Du bist nicht frei. Du bist arbeitslos. Und keiner von deinen Kinderträumen hat sich erfüllt.«

»Ja, so gesehen habe ich heute sogar mehr von meiner Freiheit, ohne väterliche Autorität. Doch immerhin hab ich Publizistik studieren können. Auch nicht übel.«

»Du hast was aus dir gemacht, Daniel, alle Achtung. Der *IQ* war nicht irgendein Magazin. Aber jetzt läßt du dich demontieren.«

»Ich demaskiere mich, Sabine, befreie mich von eingeübten Ritualen und diktierten Zwängen. Ich bin nur noch der, der ich bin.«

»Kenn ich von wo. Klingt ziemlich gestrig, so nach Selbstfindungsgruppe, entschuldige.«

»Also gut, andersherum. Lebensfreude. Ehrlich. Saftig. Gut. Lust auf neue Erfahrungen. Wo faß ich dich, unendliche Natur? Euch Brüste, wo?«

»Sei nicht albern. Du brauchst einen Job.«

»Ich habe Geld.«

»Hat sich noch nie bei dir gehalten.«

»Bingo. Sollte es irgendwann eng werden, geh ich eben wieder in die Sklaverei.«

»Als ob das so einfach wäre in deinem Alter.«

»Also bitte! So jung war ich schon lange nicht mehr.«

»Du, Daniel...«

»Ja? Augenblick: Die fünf Minuten sind um.«

Käfer stand auf, goß den fertigen Tee durch ein Sieb in die zweite Kanne und füllte die Tassen. Er schnupperte an der bernsteinfarbenen Flüssigkeit, nippte.

»Sehr fein und charaktervoll, wirklich.«

»Mir fehlt im Moment die Sensibilität dafür.«

»Schade.«

»Was ich schon vorher sagen wollte, hörst du also jetzt nach diesem sakrosankten Augenblick der Teewerdung: Ich liebe dich, Daniel.«

Er ließ die Tasse sinken und stellte sie unsicher auf den Tisch.

»So etwas sagt man gewöhnlich doch nur am Anfang oder am Ende einer Geschichte.«

»Mal den Teufel nicht an die Wand. Ich möchte ganz konkret wissen, was du vorhast in nächster Zeit, damit ich über dich nachdenken kann, über mich und über uns beide.«

»Na ja, der letzte *IQ* ist so gut wie fertig. Fehlt nur noch ein herzhafter Nachruf. Dann werde ich das Büro und die Wohnung in München räumen und erst einmal bei meinem Bruder in Graz unterschlüpfen. Dauerlösung ist das keine. Seine Frau ist ziemlich eigen. So in der Art: Mit diesem Hemd geht mir unser Daniel aber nicht aus dem Haus. Hat er wenigstens saubere Unterwäsche an? Und Moment noch. Wir haben da was an der Nase…«

»Da siehst du wieder, was du an mir hast. Und weiter?«

»Erst einmal abschalten. Weißt du, Sabine, seit Tagen gehen mir die Sommerferien nicht aus dem Kopf, die ich als Kind im Salzkammergut verbracht habe. Eine traumschöne, wilde Zeit.«

»Salzkammergut? Irgendwo in Österreich, nicht wahr?«

»Ziemlich genau in der Mitte. Da gibt es das Ausseerland. Liegt in einem von Bergen umringten Talkessel – wie ein kuscheliges Nest.«

»Für seltsame Vögel deiner Art.«

»Ja. Mein Bruder ist übrigens dort ins Gymnasium gegangen.«

»Warum nicht in Graz?«

»Da ist er dreimal geflogen. Ungebührliches Betragen, unentschuldigtes Fernbleiben, und dann hat er noch der Englischprofessorin einen unsittlichen Antrag gemacht.«

»Tüchtig, tüchtig. Und im Ausseerland?«

»Eine Privatschule. Da hat man alles nicht so eng gesehen. Die Schülerliste von damals liest sich heute übrigens zum guten Teil wie ein Who is Who der österreichischen Prominenz.«

»Und du willst an dein Kinderglück anknüpfen, Daniel? Funktioniert selten, so etwas.«

»Ich möchte nichts aufwärmen. Nur neu anfangen. Am liebsten mit dir gemeinsam. Kommst du mit, Sabine?«

»Nein.«

»Und warum nicht?«

»Dir muß ich aber wirklich alles erklären. Solange es den *IQ* noch gegeben hat, warst du für mich als Fotografin der wichtigste Auftraggeber. Gar nicht so einfach, was Neues aufzutun. Es gibt weltweit immer weniger gute Magazine, Bildbände verkaufen sich schlecht, und die Fotogalerien werden von Leuten dominiert, deren Genialität sich auf die Kunst der Selbstvermarktung beschränkt.«

Käfer starrte sie an. »Sabine! Keinen Augenblick habe ich in den letzten Tagen daran gedacht, daß du durch mich Probleme bekommst. Verdammt noch einmal! Und wenn ich ein paar Leute anrufe? Noch hab ich ja eine gewisse Position.«

»Das wirst du schön bleibenlassen. Entweder geht's ohne deine Unterstützung, oder es geht eben nicht.«

»Stimmt schon. – Wirst du mich besuchen im Salzkammergut?«

»Vielleicht. Kommt darauf an.«

»Natürlich. Ich sag dir dann, wo ich erreichbar bin.«

»Noch immer kein Handy?«

»Diese Geißel der Menschheit? Nein, danke.«

»Und Auto hast du ja auch keins. Du bist von gestern, Daniel.«

»Danke fürs Kompliment. Aber ich muß dir widersprechen: In der Garage meines Bruders steht seit vielen Jahren ein sorgsam eingemotteter 2CV.«

»Eine Ente? Hör ich recht?«

»Ich habe es nie übers Herz gebracht, mein Studentenauto wegzugeben. Und jetzt wird es mich wieder über die Lande tragen, es sei denn, widrige Winde hemmen den Lauf. 16 PS, liebe Sabine, damit sollte man haushalten...«

»Du bist und bleibst ein Kindskopf, wenn auch ein lieber.«

»Man tut, was man kann.«

*Your hair upon the pillow like a sleepy golden storm.* Daniel Käfer hörte Leonard Cohen. *Hey, that's no way to say goodbye.* Im Ablagefach seiner Ente drehten sich die kleinen Spulen eines altmodischen Tonbandgerätes.

Seine Reise folgte den Spuren von damals, und das brachte einen Umweg mit sich. Die Fahrt war von Graz aus nämlich immer erst einmal nach Wien gegangen, weil die Eltern dort Herrn Hornacek abgeholt hatten, Wirklicher Hofrat und dem Vater beruflich wie auch freundschaftlich verbunden. In Aussee wohnte Herr Hornacek dann im Hotel ›Kaiser von Österreich‹ – Zimmer mit Bad. So hatte Vater einen Konversationspartner »auf adäquater Ebene«, wie er sich ausdrückte. Mit der einheimischen Bevölkerung suchte er keinen Kontakt. Nur mit dem Quartiergeber, dem Schulrat Köberl, spielte er Sonntag nachmittags Schach, nicht zuletzt deshalb, weil Köberl deutlich schwächer spielte oder den Vater gewinnen ließ. Die Mutter hingegen hielt sich viel im Kurmittelhaus auf oder konsultierte Ärzte, ohne erkennbar leidend zu sein. »Frauensachen«, hatte der Vater einmal schulterzuckend zu Daniel gesagt. Es kam selten vor, daß er auf diese Art mit seinem Sohn redete, von Mann zu Mann, sozusagen.

In Wien angekommen, hatte Daniel Käfer nichts weiter zu tun. Herr Hornacek war schon lange verstorben. Wiener Freunde oder Bekannte wollte Käfer auch nicht treffen, um sich lange Erzählungen und Erklärungen zu ersparen. Schon am Vormittag war er wieder unterwegs. Als er dann Lust darauf bekam, endlich wieder einmal Leonard Cohen zu hören, schaute er längst auf die Donau und die Rebenhänge der Wachau. Der kleine Motor blubberte und schnurrte, der Sommer drängte ins Auto, Käfer atmete tief.

Kurz vor dem Strudengau hatte der Vater immer bei der Donaurast gehalten, einem Fischlokal direkt am Ufer. Tatsächlich, da war es noch immer. Käfer ließ sich im schattigen Garten nieder, er tafelte fürstlich und beinahe grätenfrei.

Dann entschloß er sich unwillig zu einem Stück Autobahn, um Zeit zu sparen. Er seufzte erleichtert, als die Abfahrt nach Gmunden erreicht war – und damit das Salzkammergut. Bei der nächsten Gelegenheit hielt er an, rollte das bisher halbgeöffnete Dach ganz zurück und klappte das linke Seitenfenster hoch. Es war eine Lust zu leben, gar kein Zweifel.

Am späten Nachmittag erreichte er den Pötschenpaß. Duldsam schaltete Käfer auf den zweiten Gang zurück, mehr war da nicht zu hoffen.

Der Vater hatte allerdings einen Opel Kapitän von gewaltigen Ausmaßen gefahren, der solche Steigungen ungleich kraftvoller bewältigte. Dennoch war Vaters Fahrstil stets dem Tempo seiner Amtsführung in der mittleren Hierarchie des Innenministeriums angepaßt gewesen. Gerne zitierte er aus der Gebrauchsanweisung. *Maßvolles Bremsen ehrt den Opel-Fahrer. Das Durchrasen von Kurven ist zu vermeiden.* Vater hatte ein geradezu erotisches Verhältnis zu Gesetzen, Vorschriften und Anleitungen aller Art. Der kleine Daniel fand das ziemlich blöd, sagte es aber nicht. Es gab ja kaum Probleme mit den Eltern, solange er gute Noten im Zeugnis hatte. Wozu also den Frieden stören. Und in den Ferien war er ohnehin fast immer sich selbst überlassen.

Die Paßhöhe. Das alte hölzerne Wirtshaus stand wie damals am Straßenrand, ein paar Sonnenschirme auf der kleinen Terrasse davor. Käfer war zu ungeduldig, um anzuhalten. Er legte den dritten Gang ein, dann den vierten, gönnte sich kurzfristig die Frechheit, die erlaubte Höchstgeschwindigkeit zu übertreten, und ging wieder in genießerisches Gleiten über. Schon erkannte er die Silhouetten vertrauter Berge, auch die Namen hatte er nicht vergessen: Sandling, Loser, Sarstein. Dann öffnete sich der Blick auf den Talkessel des Ausseerlandes, und Käfer kam es so vor, als wäre er nie fort gewesen.

Wie auch immer: Heute war es zu spät für ein gründliches Wiedersehen. Er war hungrig und hatte obendrein noch kein Quartier für die Nacht. Ob es dieses Ausflugswirtshaus in Lerchenreith noch gab? ›Zum Ech‹ – seltsamer Name. Er hatte seinen

Spielgefährten, den Toni, einmal gefragt, wer oder was denn das sei, ein »Ech«.

»Ein Ech ist halt echig«, war die Antwort.

»Und was ist dann echig?«

»Das weiß jeder und kann keiner sagen.«

Noch vor der Ortstafel bog Käfer in eine Seitenstraße ab, an die er sich zu erinnern glaubte. Ja doch, das konnte stimmen. Und jetzt die verbotene Abkürzung, die sich der Vater nie erlaubt hätte: ein kleines Stück gegen die Einbahn. Da war das Wirtshaus auch schon, Licht in den Fenstern, die Tür offen. Käfer trat ein. Drei kleine Stuben, in einer die hölzerne Schank, alles wie damals. Er hätte schwören können, daß die Männer am Stammtisch jene waren, die er schon als Kind hier sitzen gesehen hatte. Unsinn. Auch der Wirt war natürlich ein anderer, ein schlanker Mann mittleren Alters mit sorgsam gestutztem Vollbart.

Käfer nahm Platz, der Wirt trat näher, grüßte knapp und blieb schweigend stehen.

»Kann ich bitte ein großes Bier haben? Und der Hunger bringt mich um.«

»Das ist schlecht. Die Köchin hat heute frei. Aber ich frag die Großmutter.«

»Ja, und noch was. Wissen Sie, wo ich ein Zimmer bekommen könnte, wenn möglich privat?«

»Eins nach dem andern.«

»Essen will er?« Die Stimme kam offenbar von der Küchentür her. Dann erblickte Käfer eine alte Frau, die sich langsam seinem Tisch näherte, einen Sessel zurechtrückte und Platz nahm. »Hausgemachte Blutwurst mit gerösteten Erdäpfeln?«

»Perfekt.« Der Gast lehnte sich entspannt zurück. »Wissen Sie, daß ich vor über dreißig Jahren auch schon einmal hier gesessen bin?«

»Nein. Aber jetzt weiß ich's. Wie schreibst du dich denn?«

»Käfer.«

»Dann gar der Daniel?«

»Ja. Woher ...«

Käfer verstummte, als er sah, daß sie die Hand ausstreckte. Und er ließ es geschehen, daß sie sein Gesicht berührte.

»Dann sind die Gespenster doch noch lebendig.«

»Welche Gespenster?«

»Altweibergespenster, Daniel. Wer glaubt schon an so was? Und jetzt muß ich zum Herd.«

## 3

Der Wirt brachte das Essen. Die alte Frau ließ sich nicht mehr sehen. Käfer genoß die Mahlzeit. Dann war er satt und müde. Er wollte noch einmal wegen der Unterkunft fragen, ließ es dann aber bleiben. Er zahlte und wandte sich zum Gehen. Der Wirt hielt ihn am Rockärmel zurück. »Haben Sie nicht gesagt, daß Sie ein Zimmer suchen?«

»Ja. Ich werd schon eins finden.«

»Beim Stoffn in Sarstein wär was frei.«

»Stoffn? Und weiter?«

»Nichts weiter. Das ist der Hausname. Die Schlömmer Mirz, also Maria, auf ausländisch, vermietet. Ledige Herrn sind ihr am liebsten.«

»Lebt sie allein?«

»Mehr oder weniger.«

»Und wie komm ich hin?«

»Weit ist es nicht. Aber kompliziert für einen Fremden. Ich geb Ihnen meinen Buben mit, den Peter. Den bringen S' mir nachher wieder. Und merken Sie sich den Weg!«

»Danke, sehr nett von Ihnen, wirklich.«

Der Wirt hob wortlos die Schultern und verließ den Raum.

»Der Einbahn nach«, ordnete Peter an, »und dann rechts.«

»Beim Ankommen bin ich gegen die Einbahn gefahren. Schlimm?«

»Nein. Machen alle, weil's kürzer ist. Und jetzt geradeaus, bis zur ›Wasnerin‹.«

»›Wasnerin‹? Kommt mir irgendwie bekannt vor.«

»Ein Hotel, ein altes. – Ein lustiges Auto haben Sie.«

»Mir macht es auch Spaß. Ein 2CV. Wird schon lange nicht mehr gebaut. Die Leute sagen auch Ente dazu.«

»Das paßt. Sie passen auch, Herr Käfer.«

»Und warum?«

»Weil Sie nicht blöd fragen wie die anderen Fremden: Na, wie alt ist er denn, der kleine Peter? Ist er auch brav in der Schule? Was will er denn werden, wenn er groß ist?«

»Gibt Wichtigeres, nicht wahr?«

»Schon. – Da ist das Hotel. Und wir müssen den Weg links hinunter.«

Es war dunkel ringsum. Käfer erinnerte sich, daß nur der Ortskern von Aussee, unten im Talkessel, dicht verbaut war. Auf den Hochflächen und Hängen der Umgebung gab es weitverstreute, überwiegend bäuerlich geprägte Siedlungen. Sarstein am Fuß des gleichnamigen Berges war wohl eine davon.

»So, langsam jetzt, den schmalen Weg hinein... Das Holzhaus da vorne ist es. Finden Sie jetzt auch alleine her?«

»Aber ja.«

»Dann möcht ich gleich zurück, fernsehen: *Der weiße Hai.*«

»So was schaust du dir an?«

»Zum dritten Mal.«

»Ganz schön blutrünstig, der Peter!«

»Schon.«

Käfer fühlte sich allein gelassen, als er den Buben den Weg zurückrennen sah. Den ganzen Tag über war ihm die Welt freundlich zu Diensten gewesen. Alles, was er sich wünschte oder auch begehrlich forderte, hatte er bekommen. Doch jetzt verkroch sich die Welt in ihrer Schwärze und war merklich kühler geworden. Käfer konnte schon froh sein, wenn er ohne irrige Umwege das richtige Haus fand, mit einem matthellen Fenster und einer Zimmer vermietenden Frau dahinter. Schlömmer! Das klang nach einer um die Siebzig, zäh und bissig, die sich weigerte, ihrem durchaus nicht zu früh verstorbenen Mann nachzutrauern.

Käfer bremste, stieg aus. Die Stille fuhr ihm ins Gesicht. Er hatte vergessen, wie bedrohlich still es sein konnte in dieser Gegend. Er holte seine Reisetasche aus dem Kofferraum. Der Weg bis zum Haus war stockfinster. Mit ängstlich kleinen Schritten tastete er sich vorwärts.

Die Tür stand einen Spalt offen, dahinter war es hell. Käfer klopfte, drückte gegen das Holz und erschrak ein wenig, als die Tür plötzlich aufschwang. Dicht vor ihm stand eine junge Frau. Ihr rundes Gesicht unter den kurzgeschnittenen rotblonden Haaren war ernst.

»Sie sind der Herr Käfer, nicht wahr?«

»Ja. Schön. Daß ich bei Ihnen wohnen kann.«

Sie gab keine Antwort, drehte sich um und ging voran. In einem kleinen Vorraum blieb sie stehen.

»Lassen Sie Ihre Tasche erst einmal hier. Wir gehen in die Küche.«

Sie rückte einen Sessel für ihren Gast zurecht. Käfer schaute sich um. Ja, das war eine Küche nach seinem Geschmack: Chaos und Ordnung im schwebenden Gleichgewicht und in der Luft eine verwirrende Vielfalt von Gerüchen.

Frau Schlömmer hatte wortlos zwei altmodische Schnapsgläser auf den Tisch gestellt.

»Apfel oder Birn?«

»Apfel.«

Sie füllte die Gläser. Ihr Gesicht hatte sich auf eine Weise verändert, die Käfer nicht recht deuten konnte. Am ehesten war es vergnügte Bosheit.

»Jetzt sollt uns der Hubert sehen.«

»Hubert?«

»Mein Mann.«

»Wo ist er?«

»Nicht da. Er arbeitet nebenbei als Lastwagenfahrer. Anders ist unsere kleine Landwirtschaft nicht zu halten. So spielt das Leben. Erst hab ich hergeheiratet, und jetzt ist er weg.«

»Woher kommen Sie denn?«

»Lachen Sie nicht. Aus Allerheiligen.«

»Bei Wildon?«

»Das haut mich jetzt vom Sessel. Sie kennen sich dort aus?«

»Ich bin Grazer.«

»Da schau her. Und warum reden Sie dann nicht so?«

»Ich hab's fast verlernt. War lange in Deutschland.«

»Und jetzt? Urlaub?«

»Jaja, nur noch Urlaub. Mir ist mein Beruf abhanden gekommen.«

»Also arbeitslos?«

»Wie das klingt! Ich möchte hier in aller Ruhe mein neues Leben in den Griff bekommen.«

»Ausgerechnet bei uns. Aber mir soll's recht sein. Wenn Sie sich's leisten können ...«

»Aber ja.«

Die beiden hoben die Gläser und tranken. Käfer nahm nur einen winzigen Schluck, dann aber gleich einen zweiten. Er spürte, wie sich lustvolles Behagen am Gaumen ausbreitete, eine sanfte Harmonie zwischen Frucht und Alkohol, die leise, aber intensiv ausklang und bis tief in den Magen hinein wohltat. »Bei allen guten Geistern! Wo bekommt man denn so was zu kaufen?«

»Bei mir. Der Hubert brennt Schnaps. Das kann er wirklich gut.«

»Und was kann er weniger gut?«

»Nur nicht frech werden!« Sie lachte. »Aber im Ernst. Eigentlich vermieten wir nicht mehr. Immer Fremde im Haus. Dem Hubert war's nicht recht, und mir ist die Arbeit über den Kopf gewachsen.«

»Und warum jetzt doch?«

»Der Hopfer Max, der Wirt, hat mich überredet. Den gibst du gar nicht mehr her, wenn du ihn erst einmal hast, hat er mir vorgeschwärmt.«

»Wie kommt er denn darauf?«

»Was weiß ich. Aber jetzt sind wir erst einmal da, nicht wahr? Frühstück bekommen Sie übrigens im Wirtshaus – macht weniger Umstände.«

»Aber schlafen darf ich schon hier?«

»Ausnahmsweise. Sie können es sich sogar aussuchen: Komfortzimmer mit Allerweltsaussicht oder Abstellkammer mit Dachsteinblick.«

»Abstellkammer.«

»Gut. Ist auch halb so schlimm. Klo und Dusche sind gleich gegenüber. – Noch einen zum Einschlafen?«

Ohne eine Antwort abzuwarten, griff sie zur Flasche.

Als Daniel Käfer allein war in seinem Zimmer im ersten Stock, öffnete er das Fenster und schaute lange in die Nacht hinaus. Er fühlte sich wohl, doch er wußte, daß es eine andere Nacht war als jene, die er als Bub so gemocht hatte, weil sie ihm dunkle Geschichten erzählte und seine Geheimnisse nicht weitersagte.

Dann fing er an, sich häuslich einzurichten. Er legte ein Buch, mit dem er schon lange befreundet war, auf das Nachtkästchen: *Strahlender Untergang. Ein Entwässerungsprojekt oder die Entdeckung des Wesentlichen.* Christoph Ransmayr hatte in den frühen 90er Jahren diesen schmalen Band als erste literarische Arbeit vorgelegt. Ein böser, präziser, sensibler Text.

Käfer holte seine alte Leica aus der Reisetasche und machte sich wieder mit ihr vertraut. Er hatte viele Jahre nicht mehr fotografiert, doch das sollte jetzt anders werden.

Endlich kramte er eine kleine Schachtel aus starkem Karton hervor und öffnete sie. Ein zierlich aus Elfenbein gearbeiteter Frauenkopf unter gewölbtem Glas schaute ihm entgegen. Käfer hatte immer wieder versucht, in diesem Gesicht zu lesen. Einmal glaubte er fromme Sanftmut zu erkennen, dann wieder duldsam ertragene Trauer oder auch Feuer unter einer beschwichtigenden Maske.

Als Kind hatte er das schlichte Kunstwerk entdeckt, als er heimlich im Wäscheschrank seiner Großmutter kramte. Es lag verborgen zwischen altmodischen Schals, die nach Lavendel rochen. Warum wohl schmachtete das zarte Fräulein hier? Der kleine Daniel fand viele Antworten, dachte sich unendlich traurige und betörend wüste Geschichten aus. Nach dem Tod der Großmutter bat er dann seine Eltern um das vermutlich nicht sehr wertvolle Stück. »Also von mir hast du diesen gewöhnlichen Geschmack nicht«, merkte der Vater unwillig an. »Nimm es und geh uns aus den Augen damit«, fügte die Mutter hinzu.

Seitdem begleitete dieser Frauenkopf das Leben des Daniel Käfer. Er hatte nie so richtig darüber nachgedacht, warum das so war.

Er nahm einen Kunstdruck, der mondbeglänzte Schimmel zeigte, von der Wand und ersetzte ihn durch seine stumme Gefährtin.

Nach und nach wurde Käfer ruhiger, auch schläfrig, hatte aber keine Lust, ins Bett zu gehen. Er knipste das Licht aus, saß im Dunkeln und ließ die Gedanken spielen.

Dann streifte fast unmerklich ein Lufthauch sein Gesicht. Er hörte eine rasche Folge von Geräuschen, mit denen er nichts anfangen konnte, dann einen leisen dumpfen Aufprall, noch einen und noch einen. Hastig suchte er den Lichtschalter. Ein schwarzer Vogel, wohl eine Amsel, hatte sich ins Zimmer verirrt, suchte hektisch den Weg ins Freie und prallte immer wieder gegen Wände und Möbelstücke. Käfer versuchte ihn zum Fenster hin zu scheuchen, der Vogel geriet noch mehr in Panik, flog gegen einen Spiegel, fiel zu Boden und blieb leblos liegen. Käfer nahm den gefiederten Körper ganz vorsichtig in beide Hände. Er ging zum Fenster, streckte die Arme ins Freie und wartete. Es dauerte quälend lange, bis er ein leises Zittern zu spüren glaubte. Dann bewegte der Vogel aber auch schon die Flügel und flatterte davon.

## 4

Wieder einmal dieser Traum. Der See, das Boot und das Kind, in dem er sich selbst erkennt. Spielerische Schläge mit dem flachen Ende des Ruders auf das Wasser. Plitsch. Platsch. Schneller dann, voll Übermut, endlich wie im Zorn. Da treibt ein Hut im Wasser. Vaters Hut. Da taucht ein Kopf aus dem Wasser, Vaters Glatze mit dem lächerlichen Haarkranz, naß und glänzend. Und wieder das Ruder. Plitsch, Platsch. Der Vater versunken, das Boot im Sog eines Strudels, Wasser im Boot, Wasser im Mund. Der vergebliche Versuch zu schreien.

Käfer wachte auf, schweißnaß und verstört.

Er hatte Angst davor, wieder einzuschlafen. Es war schon hell im Zimmer. Vor seinen Augen wölbte sich das weiße Federbett, dahinter der halbrunde Fußteil. Nußbaumfurnier. Die Morgensonne zeichnete die Konturen des Fensters auf den Fußboden mit dem brüchig gewordenen Linoleum. Weiß gestrichene Wände, die Deckenleuchte, deren geschwungenes Milchglas an den Unterrock einer altmodischen Puppe erinnerte.

Langsam verblaßte der Traum. Käfer stand auf und schaute nach draußen.

Dunst über taunassen Wiesen, leuchtende Nebelfetzen, die sich von bewaldeten Berghängen lösten, und, blau im anderen Blau des Himmels, der Dachstein, helles Gletschereis inmitten. Noch war die Luft kühl und belebend. Ein Hahn krähte. So soll es sein, dachte Käfer, streckte sich und gähnte.

»Da ist frisches Gebäck, noch warm. Oder möchten Sie Schwarzbrot?«

»Nein, danke. Ist schon recht so. Aber könnte ich ein Glas Mineralwasser haben?«

»Gern. Der Schnaps von der Schlömmer Mirz macht Durst, nicht wahr?«

»Ich sehe, Sie wissen Bescheid.«

Die Serviererin lachte. »Klar. Ich bin übrigens die Anna, die Tochter vom Wirt.«

»Ah ja. Den Peter hab ich schon gestern kennengelernt. Fehlt nur noch die Mutter.«

»Zwei Mütter gibt's, aber die sind weg. Das heißt, wenn sie einmal da sind, sind sie schon auch da.«

»Und es kommt nichts durcheinander dabei?«

»Das müssen Sie meinen Vater fragen. Und? Gut geschlafen bei uns in der Einschicht?«

»Einigermaßen. In der Nacht hat sich eine Amsel ins Zimmer verirrt. War ziemlich aufregend. Aber sie ist davongekommen. Ich versteh das nicht. Jahrelang habe ich als Bub im Ausseerland im Sommer bei offenem Fenster geschlafen, und nie ist so was passiert.«

»Na ja. Seltsame Vögel gibt's einige bei uns, mit und ohne Flügel. So eine Amsel singt schon einmal auch in der Nacht. Und wenn dann eine Katz kommt… Ja, Minka, von dir ist die Rede!«

Anna schaute zur Küchentür, wo sich eine große weiße Katze mit rostroten Flecken zeigte. Das Tier ging ohne Umwege auf Daniel Käfer zu, stieß einen kurzen Laut aus und sprang auf seine Knie. Jetzt kam auch Anna zum Tisch.

»Das erste Mal, daß die einem Fremden zugeht! Darf ich auch? Ich mein eh nur auf den Sessel. Oder wollen Sie allein sein mit Ihrer neuen Freundin?«

»Ach wo. Von Frauen krieg ich nie genug. Ich muß der Frau Schlömmer ja direkt dankbar sein, daß sie mir kein Frühstück macht.«

»Haben Sie ihren Mann schon gesehen, den Hubert?«

»Nein. Der ist viel unterwegs, hab ich gehört.«

»So kann man das auch sagen.«

»Und die alte Frau, die mich gestern abend vor dem Hungertod bewahrt hat, war also Ihre Urgroßmutter?«

»Väterlicherseits.«

»Sie kennt mich offenbar von früher her.«

»Wen kennt die nicht.« Anna schaute durchs Fenster. »Ihr Auto, da draußen?«

»Ja.«

»Ein Freund von mir hat auch so eins, aber nicht so alt.«

»Angeber! Mit 28 PS wahrscheinlich.«

»Könnt stimmen. Und Ihres?«

»16 Pferdestärken, meine Liebe! Gerade noch zu bändigen, diese Kraft.«

Käfer war an diesem Montagmorgen der einzige Gast. Er saß gerne in dieser niedrigen Wirtsstube mit den kleinen Fenstern. Auch Anna trug zu seinem Behagen bei: so um die 20 Jahre alt, braunes Haar, dunkle Augen, ein Mensch gewordenes Eichhörnchen. Er malte sich aus, wie sie Nüsse knabberte.

»Wo ist denn der Peter?«

»Bergsteigen. Mit dem Vater in aller Früh auf die Trisselwand gegangen. Gegen Mittag werden die zwei zurück sein. Und Sie? Wird es nicht fad werden, so allein?«

»Aber wo. Es gibt so viele Erinnerungen aufzufrischen. Und vielleicht kommt mich ja auch meine Freundin besuchen.«

»Wär nett von ihr, ja. Und wenn Sie jemand brauchen, der sich überall auskennt: Der Peter hat Ferien.«

»Schön für ihn und gut für mich. Vielleicht komm ich am Nachmittag wieder. Eine Frage noch: Die Urgroßmutter hat gestern von irgendwelchen Gespenstern geredet, was könnte sie denn damit gemeint haben?«

»Nichts wahrscheinlich. Die macht sich gern wichtig mit ihren Geschichten... Und jetzt muß ich schön langsam was arbeiten, aufdecken für Mittag. Viel wird ja nicht los sein. Möchten Sie eine Tageszeitung?«

»Nein, danke. Mit bedrucktem Papier will ich erst einmal nichts mehr zu tun haben, Bücher ausgenommen.«

»Und warum?«

»Neun Jahre Chefredakteur, das ist mehr als genug.«

»Davon versteh ich nichts. Also bei einer Zeitung waren Sie?«

»So ungefähr.«

»Aber braucht man da nicht ein schnelleres Auto?«

»Überhaupt keines. Nur einen schnellen Kopf. Und auch den nicht immer. Die Ente da draußen ist mein Studentenauto. Erst vor ein paar Tagen habe ich es wieder in Betrieb genommen.«

»Sie sind aber auch ein seltsamer Vogel.«

»Meinetwegen. Ich kann nicht einmal ausschließen, daß ich eines Nachts singen werde. Aber ich verirre mich nicht in fremde Zimmer und fliege nicht gegen die Wand.«

»Hoffentlich.«

»Aber jetzt!« Ein paar Meter nach der Ortstafel hatte Käfer sein Auto angehalten, wie es damals sein Vater zu tun pflegte. Er wußte ein sehr steil abfallendes Straßenstück vor sich. Der Vater hatte hier betulich im Stehen den ersten Gang eingelegt. Das Getriebe sei zwar synchronisiert bei einem Luxusauto wie diesem, merkte er stets dazu an, aber er neige dennoch zu äußerster Schonung.

Daniel Käfer hingegen beschleunigte, so gut es ging, und ließ dann seine Ente wie im Sturzflug talwärts gleiten. Nach einer scharfen Biegung sah er Bad Aussee vor sich liegen und bremste ab. Da war auch schon die Traun, eine von dreien wenigstens. In dieser Gegend hießen alle nur halbwegs ernst zu nehmenden Fließgewässer Traun. Zwei mündeten mitten im Ort ineinander, und eine dritte kam in der Nähe des Bahnhofs dazu.

Das Ortsbild war Käfer vertraut. Nur wenige Häuser waren neu, eines davon hatte sich allerdings besonders groß und häßlich auf einer Anhöhe breitgemacht. Nach kurzem Suchen fand er einen Parkplatz und nahm zielstrebig den Weg durch den Kurpark zum Kastaniengarten der Kurhauskonditorei Lewandofsky. Der kleine Daniel Käfer hatte hier viel zu selten eine kleine Portion gemischtes Eis spendiert bekommen. Heute würde sich der große Daniel Käfer eine große Portion gönnen –

und vielleicht morgen schon wieder und übermorgen erst recht. Die Serviererinnen trugen Tracht wie schon vor dreißig Jahren: Ausseer Dirndl mit grünem Leib, rosa Kittel, lila Schürze und einem bunten Seidenbrusttuch über der weißen Bluse. Die Einheimischen und ihre Gäste saßen hier bunt gemischt und waren auch nicht so ohne weiteres voneinander zu unterscheiden.

Käfer bekam sein Eis, hatte den Geschmack von Himbeer, Zitrone, Erdbeer, Haselnuß und Vanille im Mund, schaute vergnügt von seinem schattigen Platz aus in die helle Sonne des Vormittags und fragte sich, warum er je etwas anderes getan hatte. Dann fuhr er mit dem Auto zum Bahnhof, der am südlichen Ortsrand vor einer waldigen Talschlucht stand. Er durchforschte etwas steifbeinig die kleinen vom Wasser ausgewaschenen Höhlen am Traunufer und erinnerte sich an abenteuerliche Expeditionen, die er und sein Freund Toni hier unternommen hatten. Auch der Bahnhof war für die beiden immer ein ganz besonderer Ort gewesen, abseits vom Alltag, Fernwehheimat. Außerdem hatte es im Zeitschriftenkiosk die weithin größte Auswahl an Schundromanen gegeben.

Käfer fand das Bahnhofsgebäude nahezu unverändert vor. Er saß lange auf einer der grün gestrichenen Wartebänke am Bahnsteig und dachte über den Geruch nach, den nur kleine Bahnhöfe haben. Holzimprägnierungsmittel, Schmieröl, Technik. Als dann ein Zug einfuhr, ließ er sich mit den wenigen Fahrgästen, die hier ausstiegen, ins Freie treiben und fuhr wieder los.

Im Ortszentrum, wo drei Straßen aufeinandertrafen, entschied er sich für jene, die zum Grundlsee führte. Dort, wo sich die Hauptstraße zwischen alten Bürgerhäusern auf eine Fahrspur verengte, gab es jetzt eine Verkehrsampel. Daniels Vater hatte ihr Fehlen stets auf das strengste getadelt. Sogar zu einer Aussprache mit dem Bürgermeister war es gekommen. »Auf höherer Beamtenebene«, hatte Vater vorher säuerlich gescherzt. Nachher war auch dieser Anflug von guter Laune verschwunden gewesen. Anderswo träfe es ja vielleicht zu, daß Gott mit dem Amte auch den entsprechenden Verstand verleihe, sagte Vater bitter, nicht aber in der Ausseer Gemeindestube.

Auch nach dem Ortsende fuhr Käfer langsam und schaute sich neugierig um. Auf der großen Wiese, wo manchmal der Zirkus Rebernigg seine Zelte aufgebaut hatte, standen jetzt Firmengebäude. Ein Stück weiter bog Käfer ab, überquerte auf einer schmalen Eisenbrücke die Traun und blieb vor dem Gasthaus ›Waldesruh‹ stehen. Er stieg aus und ging suchend weiter. Hier irgendwo war die

Talstation eines Sesselliftes gewesen. Käfer hatte das Surren der Seilrollen noch immer im Ohr, das beunruhigende Geräusch, wenn der Haltebügel des Sessels darüberglitt. Er dachte an die mit gelber Butter bestrichenen Bauernbrote, die es oben bei der Bergstation gegeben hatte, an Milch und an grell gefärbte Limonaden. Aber er konnte keine Spuren des Ausgangspunktes seiner kindlichen Luftfahrten entdecken. Etwas verstimmt machte er sich wieder auf den Weg.

## 5

Ferien, unbeschwerte Ferien, noch dazu ohne drohenden Schulbeginn im Herbst. Und dann dieser gebratene Saibling... Käfer hatte fast schon vergessen, wie aufregend unverfälscht ein wirklich frischer Fisch schmecken konnte. Er saß im Garten vor dem Gasthaus ›Schraml‹, schaute auf den Grundlsee und ließ träge die Zeit verrinnen. Es war beinahe windstill. Ein Ausflugsschiff zog eine kräftige Linie durch den glatten Wasserspiegel und brachte kleinere Boote ins Schaukeln. Es war richtig heiß geworden um die Mittagszeit, doch die Hitze war angenehm trocken.

Käfer dachte an seinen fast fünfzehn Jahre älteren Bruder Heinz und fragte sich, wie er seine Zeit im Ausseerland empfunden hatte, als lernunwilliger Gymnasiast mit einem ausgeprägten Hang zur Anarchie. Gerne erzählte er noch heute davon, wie er die Reifeprüfung nur mit üblen Schwindeleien und sehr viel Glück bestanden hatte. Als er dann an der Universität endlich weitgehend über sich selbst bestimmen konnte, wurde alles anders. Heinz fand Gefallen am Studium, und bei Prüfungen brillierte er geradezu. Die Eltern sahen das mit Genugtuung, und es schien sie auch nicht zu stören, daß sich ihr Sohn immer seltener zu Hause sehen ließ. Schon gar nicht dachte er daran, im Sommer mit ins Ausseerland zu kommen. Aber Heinz war zu guter Letzt eben doch noch in der Gesellschaft der Arrivierten und Rechtschaffenen gelandet, nur das zählte. Und später? Die Anwaltskanzlei florierte, die Ehe hielt, auch wenn sie kinderlos blieb. Heinz hatte einen ruhigen Lebensabend vor sich, viel zu ruhig in den Augen seines Bruders.

Daniel Käfer hingegen war ein braver Schüler gewesen, ein ziemlich verbummelter Student, und seine Berufslaufbahn stellte sich als Verkettung von Irrwegen und Umwegen dar, die zu seiner eigenen Überraschung letztlich doch zu einem erstrebenswerten Ziel geführt hatten.

»Was dagegen, Peter, wenn wir du zueinander sagen?«

»Nein.«

Käfer hatte den Buben am frühen Nachmittag im Wirtshaus abgeholt. Jetzt waren die beiden zu Fuß unterwegs.

»Bist du gar nicht müde vom Bergsteigen? Wie war's denn überhaupt?«

»Super. Aber heiß.«

»Und den Weg nach Praunfalk kennst du?«

Peter beschränkte sich auf einen verächtlichen Seitenblick.

»Weißt du, mein Bruder ist dort in die Schule gegangen, und im Internat war er auch. Er hat mir zum Beispiel von einem runden Klassenzimmer erzählt.«

»Wirklich rund?«

»Ja, im Turm von einer Villa. Hinter der Tafel war dadurch etwas Platz zum Stehen. Der Heinz hat sich einmal dort versteckt, und immer wenn der Chemieprofessor etwas besonders Kompliziertes auf die Tafel geschrieben und sich dann zu den Schülern umgedreht hat, ist der Arm von meinem Bruder zum Vorschein gekommen und hat alles weggelöscht. Der Professor soll fast an seinem Verstand gezweifelt haben.«

»Und du warst auch so wie dein Bruder?«

»Nein. Viel braver.«

»Schad. Jetzt kommen wir zum Schindergraben. Ich weiß eine Abkürzung.« Peter schaute auf Käfers Schuhe. »Na, die gehen grad noch.«

Sie verließen den Weg, und Peter kletterte geschickt den steilen Waldhang hinunter. Ab und zu drehte er sich um und wartete auf seinen Begleiter, der sich alle Mühe gab, nicht allzu peinlich zu wirken. Im Tal angekommen, gingen sie ein Stück die Traun entlang und gelangten dann über einen schmalen Steg ans andere Ufer.

Peter blieb stehen und machte eine unbestimmte Geste.

»Das ist schon Praunfalk. Ein paar von den alten Villen gibt's noch. Und in den meisten wohnen Fremde.«

»Fremde? Ihre Familien sind doch schon gut hundert Jahre in Aussee.«

»Na und?«

»Hast du einmal was von den Hürsch-Villen gehört? Mein Bruder hat davon erzählt.«

»Hürsch? Nein. Komischer Name.«

»Da schau einmal: Diese Villa hier ist zwar ziemlich stark umgebaut worden in letzter Zeit, aber der große runde Turm – vielleicht war er das? Weißt du was? Ich läute einfach an und frage.«

Peter wirkte auf einmal merkwürdig scheu.

»Lieber nicht. Die Fremden wollen sicher ihre Ruhe haben.«

»Ja, wenn du meinst. Da geht übrigens ein Weg den Hang zum Waldrand hinauf.« Schon war Käfer unterwegs. Peter folgte ihm zögernd.

»Und wenn die da oben einen scharfen Hund haben?«

»Was ist denn los mit dir, Peter?«

»Nichts.«

»Na, dann!«

Auf dem unasphaltierten Weg wucherte Gras, zwei Fahrspuren waren zu erkennen. Nach wenigen Minuten standen die beiden vor einer besonders großen Villa, die sich hinter hohen Bäumen versteckt hatte.

»Na, das ist vielleicht eine Pracht, mein lieber Peter! Keine häßlichen Umbauten, alles so, wie es war, aber sorgfältig und mit Liebe erhalten.«

»Mir gefällt's nicht. Unheimlich, irgendwie.«

»Romantisch, würde ich sagen. Und in dem Fenster da oben hat sich ein Vorhang bewegt.«

»Gehen wir lieber.«

»Hasenfuß. Jetzt wird geöffnet.«

Aus dem Fenster im ersten Stock schaute der Kopf einer Frau in mittleren Jahren.

»Darf ich wissen, was Sie hier zu suchen haben?«

Daniel Käfer blickte lächelnd zu ihr hinauf.

»Natürlich. Und entschuldigen Sie bitte, wenn wir stören. Aber ich folge den Spuren meines Bruders, der als mißratener Schüler hier sein Unwesen getrieben hat. Wissen Sie, wo ich die Hürsch-Villen finden kann?«

»Ich bin eine Hürsch. Damit sind Sie am Ziel Ihrer Suche und können gehen.«

»Ja, freilich. Nur eine Frage noch: In der Villa da unten, mit dem großen runden Turm, ist da früher einmal unterrichtet worden?«

»Ja. Möglicherweise.« Der Kopf verschwand, das Fenster wurde geschlossen.

»Siehst du, Peter, wir sind weder gebissen noch gefressen worden.«

Der Bub hob trotzig den Kopf. »Und jetzt zeig ich dir was. Wir gehen nach Obertressen hinauf.«

Peter folgte jetzt wieder der Traun, jener vom Altausseer See her, wenn sich Käfer recht erinnerte. Nach ein paar hundert Metern führte ein schmaler Weg nach rechts, den bewaldeten Berghang hinauf. Käfer war außer Atem, als sie ein sonniges Hochplateau erreichten. Peter blieb stehen und grinste. »Siehst du was Besonderes?«

»Nein. Oder ja, doch: diese Allee da hinten. Ein Schloßpark?«

Peter ging wortlos über eine Wiese auf die eindrucksvolle Baumreihe zu. Käfer wunderte sich, daß kein Weg dorthin führte. Früher war die Allee von einer Kette versperrt gewesen, die jetzt zerrissen auf dem Boden lag. Buschwerk wuchs zwischen den Bäumen, im Gras waren keine Spuren von Fahrzeugen zu sehen. Peter ging wortlos voran. An manchen Stellen zweigten schmälere Baumreihen ab. Dann teilte sich die Allee. Der Bub schaute geheimnisvoll drein.

»Rechts oder links?«

»Woher soll ich das wissen?«

»Du kommst auf jeden Fall irgendwohin.«

»Dann eben links.«

Dieser Teil der Allee mündete in eine große Lichtung, deren Ränder merkwürdig gerade waren. Jetzt wählte Peter einen fast zugewachsenen Weg, an dessen einer Seite das Gelände steil abfiel. Käfer bemerkte hier künstlich geschaffene Strukturen: ebene Flächen, Vertiefungen und Erhebungen, annähernd rund oder viereckig geformt.

Peter war ein gutes Stück voran. Plötzlich konnte ihn Käfer nicht mehr sehen. Aber er hörte seine Stimme: »Hierher! Wir sind da.«

Nach einer scharfen Wegbiegung blieb Käfer gebannt stehen. Vor ihm ragte ein herrschaftliches Gebäude auf, Balkone und Veranden mit Schnitzwerk verziert. Er trat näher. Der Eingang war mit einem groben Bretterverschlag versperrt, doch die

Fenster standen offen und gaben den Blick in dieses sterbende Haus frei: Decken und Fußböden durchgebrochen, Schutt und Gerümpel überall, an den Wänden Fetzen kostbarer Tapeten.

»Sag einmal, Peter, was ist denn das?«

»Die Villa Muthspiel. Steht seit dem Krieg leer. Warum, weiß ich nicht. Der Vater hat einmal gesagt, daß die Erben streiten.«

»Unglaublich. So ein Anwesen verkommen zu lassen!«

Käfer umrundete die Villa.

»Das Nebengebäude hier könnte die Küche gewesen sein.« Er stutzte. »Hörst du auch was, Peter?«

»Ja, es raschelt und knackst irgendwo. Gibt ja genug Tiere hier.«

»Ich weiß nicht. Dazu klingt es mir zu regelmäßig. Ich glaube, es kommt von da vorne.«

Käfer näherte sich einer Geländekante, schaute talwärts und erblickte auf einer von Gras und Gestrüpp bedeckten Fläche einen kleinen dicken Mann, der Tennis spielte. Mit raschen Schritten folgte er einem unsichtbaren Ball und versuchte ihn mit einem imaginären Schläger zu treffen. Manchmal schien ihm das nicht zu gelingen, dann machte er eine ärgerliche Gebärde und wartete auf den Aufschlag seines Gegners.

»Den kenn ich. Der spinnt.«

Peter hatte zwar nur geflüstert, aber der Mann war aufmerksam geworden. Er unterbrach und hob den Kopf.

»Grüß dich, Peter! Mit wem habe ich sonst noch die Ehre?«

»Augenblick. Wir kommen zu Ihnen hinunter!«

Der einsame Tennisspieler schaute freundlich und ein wenig verlegen drein, als seine unerwarteten Zuschauer vor ihm standen.

»Da gibt es wohl einiges zu erklären, wie? Und es kommt noch besser. Ich spiele nicht nur, ich träume auch. Wollen Sie mit mir träumen?«

»Ja, warum nicht? Ich bin übrigens Daniel Käfer, gewesener Chefredakteur des gewesenen *IQ*.«

»Ja dann! Herzlich willkommen in einer versunkenen Welt. Und was mich betrifft, sagt mein unglückseliger Name wohl alles. Eustach Schiller.«

»Eustach? Wie der Schreiner in Stifters *Nachsommer*?«

»Chapeau! Ein Banause weniger in dieser banalen Welt. Eustach, kunstsinniger Handlanger der subtilen Leidenschaft seines edlen Auftraggebers. Wie sagt dieser doch über sich? *Es wohnt in alten Geräten beinahe wie in alten Bildern der Reiz des Vergangenen und Abgeblühten, der bei dem Men-*

*schen, wenn er in die höheren Jahre kömmt, immer stärker wird. Darum versucht er das zu erhalten, was der Vergangenheit angehört, wie er ja auch eine Vergangenheit hat, die nicht mehr recht zur frischen Gegenwart der rings um ihn Aufwachsenden paßt.* – Ja, meine Eltern haben ihren Stifter gelesen, und sie haben mich gelehrt, stilvoll nach rückwärts gewandt zu leben. So ist aus dem alten Kind mit den Jahren ein kindlicher Alter geworden. Auch kindisch, wenn er einmal nicht bekommt, was er will.«

»Und darum spielen Sie hier Tennis?«

»Was sonst sollte ich tun, auf einem Tennisplatz?«

## 6

Schiller trug weiße Bermudas und ein blaues Polohemd. Seine vormals weißen Leinenschuhe waren in Würde ergraut, die durchsichtige, von einem breiten Band gehaltene Sonnenblende leuchtete in bräunlichem Orange und färbte einen Teil des Gesichts. Er wandte sich seinen Besuchern zu, breitete die Arme aus und lächelte.

»Wir schreiben das Jahr 1887. Ein reicher Mann, Arnold Muthspiel, kommt nach Aussee. Dieser ernste, durch Jahrhunderte vom Salz geprägte Ort hatte sich innerhalb weniger Jahrzehnte tiefgreifend verändert. Die wuchtigen Salinengebäude waren abgetragen worden, an ihrer Stelle entstanden das Kurhaus und der Park. Das war ein neues Leben! Musik, beschwingte Eleganz, noble Promenaden.«

Um seine Erzählung zu unterstreichen, bewegte Schiller Arme und Hände wie die eines Dirigenten.

»Und ringsum: diese theatralisch schöne Landschaft, belebende Natur. Muthspiel zögerte nicht lange und kaufte ein riesiges Areal in exklusiver Lage. Bald säumten imposante Alleen die Wege. Villa und Dienerhaus wurden errichtet. Einen Fischteich gab es, eine große Gärtnerei, diesen Tennisplatz und – da drüben – eine überdachte Kegelbahn. Die Muthspiels und ihre noblen Gäste wandelten zwischen Blumenbeeten und weiten, gepflegten Rasenflächen, ergötzten sich an heiter inszenierter Geselligkeit und künstlerischen Darbietungen.«

Jetzt ließ Schiller die Arme sinken.

»Bis in den Zweiten Weltkrieg hinein blieb der Zauber dieses Ortes unversehrt. Nun ist er schon lange gebrochen, oder seine Kraft wirkt anders. Oft meine ich sie zu spüren, diese Kraft, dann kommt eine große, süße Trauer über mich, und ich will mehr und mehr von ihr.«

Schiller schwieg, dann machte er eine einladende Geste. »Kommen Sie, meine Herren, ich zeige Ihnen, was geblieben ist.«

Als Käfer wieder vor der Villa stand, hob er ein merkwürdig geformtes Stück Holz auf, das mit anderen Bauteilen auf dem Boden lag.

Schiller warf ihm einen raschen Blick zu. »Was wollen Sie damit?«

»Ich will es behalten, als Andenken an die Villa Muthspiel und an einen Tennisspieler.«

»Das werden Sie fein bleibenlassen!«

»Warum sollte ich?«

»Fremdes Eigentum. Obendrein mit Unglück behaftet.«

»Abfall, ohne materiellen Wert.«

»Für Sie vielleicht.«

»Und darauf kommt es doch an, oder?«

Schiller gab keine Antwort. Dann zeigte er auf ein Metallgerippe, das hinter dem Buschwerk zu erkennen war: »Das Gewächshaus.«

Gegen Abend waren Daniel Käfer und sein kleiner Begleiter wieder im Gasthaus ›Zum Ech‹. Die Stammtischrunde schien komplett zu sein, die übrige Gaststube war leer.

»Trinkst du was mit mir, Peter?«

»Red Bull.«

»Schrecklich. Aber wenn du meinst. Und für mich ein Bier, bitte!«

Anna war nicht mehr da. Der Wirt servierte.

»Was zu essen? Heute ist die Köchin da, aber nicht mehr lange. Die ist immer schon halb im Gehen, wenn sie endlich einmal kommt.«

Er legte die Speisekarte auf den Tisch. Käfer las und runzelte dann die Stirn. »Ist das was Exotisches?«

»Was meinen Sie?«

»Eschbohnkoh.«

»Jaja, die Fremden! Das ist was Hiesiges: Zwiebel und Erdäpfel, ordentlich gewürzt in Schmalz gebraten. Dazu gäb's Brotsuppe mit Sauerrahm.«

»In Schottland hab ich einmal Haggis gegessen. Blut und Innereien vom Schaf, ins Schafsnetz eingewickelt und in Schaffett herausgebacken. Sättigt für Wochen und macht immun gegen Whisky.«

»Wie kommen Sie jetzt darauf?«

»Weil ich eine gewisse kulinarische Verwandtschaft erkenne. Ich nehme also die Herausforderung an. Außerdem brauche ich den Schnaps von der Frau Schlömmer dann bestimmt nicht mehr zu fürchten.«

»Also gut!«

Nach einem ungewöhnlich wuchtigen Geschmackserlebnis fühlte sich Käfer schwer und müde. Peter hatte erstaunliche Mengen von Pommes frites mit Ketchup verzehrt.

»Was ist mit morgen? Ich hab Zeit.«

»Morgen? Ach Peter, wer wird denn so weit vorausdenken? Andererseits, wenn das Wetter schön bleibt: Wie wär's mit einem Badetag?«

»Es bleibt schön.«

»Ich kenn da einen Platz am Altausseer See, wo ich als Kind schon einmal war. Da würd ich gerne wieder hin. Ich hol dich am Vormittag gegen zehn Uhr ab, da haben wir noch Zeit zum Einkaufen. Vor elf gibt's dort am Ufer nämlich noch keine Sonne.«

»Ist recht.«

Der zweite Abend in Frau Schlömmers Küche hatte länger gedauert als der erste. Da war einmal die Wirkung des schweren Essens zu bekämpfen – zur Abwechslung mit Birnenbrand –, es gab viel zu erzählen, und Käfers Gastgeberin nahm sich offenbar gerne Zeit fürs Zuhören.

Gegen elf saß er dann in seinem Zimmer und betrachtete sein Fundstück. Die früher sichtlich der Mauer zugewandte Fläche des kunstvoll gesägten Bretterstücks wirkte recht frisch, die andere verwittert. Eine annähernd halbrunde Öffnung war ausgeschnitten. Der Umriß zeigte ein gerades Stück und Bögen, die wohl Teile floralen Dekors gewesen waren. Außerdem gab es zwei Bruchflächen. Bei einem weiteren Besuch würde er wahrscheinlich herausfinden können, wo das Holz ungefähr hineinpaßte. Andererseits: Es gab noch so viel zu erleben. Warum also noch einmal die Kreise dieses seltsamen Eustach Schiller stören? Käfer stellte seinen Fund hochkant auf die gerade Schmalseite. Jetzt waren die Bögen oben, und er glaubte ein Tier zu erkennen, das sich zum Sprung duckte. Auf dem Rücken gab es eine Art Flügelansatz. Die besonders starke Verwitterung in diesem Bereich verstärkte den Eindruck von Gefieder. Der Kopf hatte eine runde Schnauze mit spitzen, nach vorne gerichteten Ohren.

»Also, Peter, was brauchen wir zwei für ein Mittagessen in der Wildnis?«

Die beiden standen in einem der neuen Supermarkets. Die kleinen Lebensmittelgeschäfte, an die sich Käfer erinnerte, waren alle verschwunden. Besonders um den Traunmüller in der Hauptstraße tat es ihm leid. Dort war sogar Kaffee geröstet worden, es hatte fremdländische Gewürze und andere feine Sachen gegeben.

Peter musterte überlegend die Regale, griff nach einer Dose Hering in Tomatensauce, nach einer Dose Jagdwurst und dann noch zu einem schrecklich grell gefärbten Getränk mit künstlichem Orangengeschmack. Dann entdeckte er zu seiner Freude gegrillte Hühnerbeine in der Feinkost-Vitrine und ergänzte die Auswahl durch zwei große Gummischlangen, eine mit Himbeer-, die andere mit Cola-Geschmack.

»Kein Brot?« wandte Käfer zaghaft ein.

»Für mich nicht.«

»Dann kann ich auch darauf verzichten.«

»Gibt es das Strandbad noch?«

Sie hatten das Auto an der Seeklause zurückgelassen und wanderten den schattigen Fußweg am Ufer entlang.

»Da sind jetzt Ferienwohnungen, glaub ich. Aber das Strandcafé hat offen.«

»Na ja, vielleicht auf dem Rückweg. Jetzt möchte ich erst einmal ans Ziel.«

Es dauerte gut zwanzig Minuten, bis Käfer aufatmend stehenblieb. »Da sind wir. Toll, nicht wahr?«

Etwas unterhalb des Weges stand hinter einem schmalen Kiesstrand ein mächtiger Felsbrocken im

Wasser, an die drei Meter hoch, oben schräg abgeflacht.

»Wenn wir da hinaufklettern, haben wir die schönste Sonnenterrasse der Welt.«

Peter stellte den Papiersack mit den Nahrungsmitteln in den Schatten und legte die Flasche ins Wasser. »Zwanzig Grad ist zwar nicht kalt, aber doch besser als warm.«

Gleich darauf standen beide in der Badehose da. Daniel Käfer mit blasser Haut, Peter tiefgebräunt.

»Viel warst du aber noch nicht in der Sonne?«

»Nein. Die blöde Büroarbeit, weißt du.«

Käfer machte für Peter die Räuberleiter. Peter half ihm von oben.

»Warst du allein da baden?«

»Nein, mit einem Freund, dem Toni.«

»Toni und wie noch?«

»Ja, wenn ich das wüßte. Halt, jetzt hab ich's: Kalss.«

»Boah! So heißt mein Mathematiklehrer!«

»Zufälle gibt's. Bringst du mich einmal zusammen mit ihm?«

»Klar.«

Die beiden lagen eine Weile stumm in der Sonne. Käfer war halb eingedöst, als er neben sich eine Bewegung wahrnahm. Er schaute auf und sah Peter kopfüber ins Wasser springen.

»Traust dich?«

»Ich? Immer!«

Käfer zögerte ein wenig. Der letzte Kopfsprung war gut fünf Jahre her. Strandhotel in Kenia, Sabine und er. Am frühen Morgen waren sie in ihren Träumen zusammengekommen und ineinander aufgewacht. Dann war er nackt in den nahen Pool gesprungen, und Sabine hatte ihn von der Terrasse aus beobachtet, Verwirrung und Zärtlichkeit im Gesicht.

Daniel Käfer trat von einem Bein auf das andere, sprang dann doch, tauchte ein, tauchte auf, lachte. Peter schwamm wassertretend neben ihm.

»Gar nicht schlecht.«

»Ziemlich frisch, der See.«

»Der Grundlsee ist wärmer und der Sommersbergersee noch wärmer. Aber du gewöhnst dich daran. Schwimmen wir ein Stück hinaus?«

»Warum nicht?«

Wieder an Land, machten sich die beiden über die Vorräte her. Peter bestimmte die Speisenfolge. Zum Abschluß bekam Käfer das Kopfstück der dunkelbraunen Gummischlange und das Schwanzstück der roten. Käfer kaute ergriffen.

»Wie war's denn auf der Trisselwand gestern? Ist doch ganz schön steil, nicht wahr?«

»Es geht. Nur die Aussicht vom Gipfel ist irgendwie gemein.«

»Warum?«

»Kein Schatten weit und breit, kein Wasser. Aber unten siehst du gleich zwei Seen.«

»Gehst du öfter mit dem Vater wandern?«

»Ja. Auch Segeln, Schwammerl suchen, auf den Fußballplatz.«

»Stell ich mir schön vor.«

»War dein Vater anders?«

»Ganz anders. Er hat das nicht böse gemeint. Aber für seine Welt war ich wohl nicht erwachsen genug. Wär ich wahrscheinlich noch heute nicht.«

»Schön blöd. Hast du Kinder?«

»Nein, leider. Aber wenigstens zu einer Freundin hab ich es gebracht.«

»Und warum ist sie nicht da?«

»Sie hat viel zu tun – als Fotografin.«

»Fotos mach ich auch.«

»Wer nicht. Aber sie muß davon leben.«

»Stell ich mir schwierig vor.«

»Ist es auch.«

Sie redeten dann nicht mehr viel, faulenzten, träumten oder hatten ihren Spaß im Wasser. Erst am späten Nachmittag packten sie die Badesachen zusammen.

Es war kühler geworden, und Käfer behagte die kleine Wanderung am Ufer sehr. Peter ging schweigend neben ihm. Die Sonne stand schon tief und malte vor den beiden zwei einträchtige Schatten auf den Weg.

Als das Auto erreicht war, zögerte Peter mit dem Einsteigen, dachte nach und hob dann entschlossen den Kopf.

»Willst du meinen Abenteuerweg sehen?«

»Wenn eine reelle Überlebenschance besteht, ja.«

»Ein Stück die Traun hinunter steht ein Wirtshaus mit Sägewerk, die ›Scheichlmühle‹. Gehört einem Freund von meinem Vater. Der Fahrweg, auf dem wir gekommen sind, ist weiter oben am Hang. Aber wer sich was traut, kommt auch unten durch, direkt am Flußufer.«

»Also traun wir uns was!«

»Die Schuhe lassen wir da. An ein paar Stellen muß man ins Wasser ausweichen.«

Peter ging voran. »Da, links oben ist der Fluder vom Sägewerk.«

»Fluder?«

»Kanal.«

Peter blieb stehen und zeigte auf einen bemoosten Stein, der aussah wie die anderen ringsum.

»Und der Stein da ist ganz was Seltsames. Du

siehst es fast nicht mehr. Aber irgendwas ist eingeritzt, ein Name oder so.«

Jetzt konnte auch Käfer einen Schriftzug erkennen, möglicherweise in Kurrent-Buchstaben.

»Und du weißt nichts Näheres?«

»Na ja, die Leute reden, daß da eine ins Wasser gegangen sein soll, vor langer Zeit. Eine alte Frau, nicht von hier.«

## 7

»Gnadenlos schönes Wetter, wie?«

»Nur nicht verschreien, mein lieber Herr Käfer.«

Anna stellte ungefragt ein großes Glas Mineralwasser neben die Kaffeetasse. »Und? Schon zu Haus bei uns?«

»Jaja. Ich fange an, Wurzeln zu schlagen. Außerdem pflege ich schon nach wenigen Tagen liebgewonnene Rituale: das Frühstück mit der Anna und der Minka, das Abendbier im ›Ech‹, der Schnaps bei der Frau Schlömmer...«

»Also, schlank, wie Sie sind, hätte ich Sie ja eher für einen Weinkenner gehalten.«

»Gar nicht so weit gefehlt. Aber, nun ja, die Weinauswahl im ›Ech‹..., was soll ich sagen?«

»Sie brauchen nicht lange herumzureden. Der Vater versteht nichts vom Wein, und die Stammgäste trinken alles, was er ihnen hinstellt.«

»Ja, wenn das so ist. Übrigens, weil wir gerade beim Thema sind. Wer sitzt denn bei euch so am Stammtisch? Entschuldigen Sie, wenn ich neugierig bin.«

»Das hält jung. Also: Da wär einmal der Moser Franz, vor ein paar Wochen in Konkurs gegangen mit seiner Firma. Neben ihm sitzt gewöhnlich der Gasperl Erich, ein ehemaliger Geschäftsfreund. Hat ganz schön draufgezahlt.«

»Und dann sitzt er noch am gleichen Tisch?«

»Freilich. Da sind sie nicht so, die Unsrigen. Dann gibt's noch den Wimmer Bertl, arbeitsscheu, aber hochverehrt, weil er so witzig sein kann, und von Zeit zu Zeit sitzt auch noch der Stadler Georg da, ein Jäger, und der Grill Franz, wenn er Ferien hat. Der ist nämlich Universitätsprofessor in Salzburg.«

»Für mich schauen sie alle miteinander wie verkappte Wilderer aus.«

»Wer weiß?«

»Und glauben Sie, daß die mich einmal in die Runde lassen?«

»Erst wenn der Bart von meinem Vater siebenmal um den Ofen gewachsen ist.«

»Danke. Das war deutlich.«

Käfer kraulte Minka, die Katze schnurrte. Anna saß ihm gegenüber und betrachtete ihn interessiert.

»Seit drei Tagen das gleiche Gewand. Ich meine, das Hemd ist schon frisch. Und die Wäsch hoffentlich auch.«

»Das reicht doch. Ich habe fast nichts mitgenommen. Bin ja nur zum Vergnügen und zum Nachdenken da. Beeindrucken muß ich niemand, und die Frauen sollen mich gefälligst auch so lieben.«

»Sollen sie?«

»Sie sollen.«

»Und was steht heute auf dem Programm?«

»Ich bin zu Fuß unterwegs. Werde in den Ort hinunterspazieren und mich einmal genauer umschauen, in der Salzkammergut-Metropole.«

»Metropole! Wenn das die Ischler hören, oder gar die Gmundner!«

»Gibt's Rivalitäten?«

»Nicht so direkt. Nach außen hin sind wir sowieso alle miteinander ein Herz und eine Seele. Aber untereinander schaut halt jeder darauf, daß nichts durcheinanderkommt. Wenn die Ausseer über die Pötschenstraße Richtung Ischl unterwegs sind, fahren sie noch immer nach Österreich.«

»Faszinierend. Sie müssen mir einmal mehr dazu erzählen, Anna.«

»Ich weiß da nicht so viel.«

»Kennen Sie übrigens einen gewissen Eustach Schiller, diesen seltsamen Menschen, dem der Peter und ich begegnet sind? Er hat doch sicher erzählt.«

»Den kennen alle. Und man begegnet ihm dauernd, weil er den ganzen Tag im Ort unterwegs ist, wenn er nicht grad beim Lewan sitzt.«

»Lewan?«

»›Lewandofsky‹. Der Schiller kommt jeden Sommer, schon solang ich denken kann. Ein Deutscher, angeblich stinkreich. Aber ganz nett. Und wenn einer ein bißl verdreht ist, paßt er um so besser her.«

»Dann darf ich ja hoffen!«

»Und die Villa Muthspiel, Herr Käfer? Was sagen Sie dazu?«

»Mir fehlen die Worte, Anna. Aber ein Stück Holzverzierung habe ich mitgenommen, als Andenken.«

»Na, dann sind Sie ja fast schon Villenbesitzer. Jeder fängt einmal klein an, und wer weiß, wie es weitergeht. Jedenfalls hat mir der Vater erzählt, daß die Muthspiel-Besitzer jetzt doch verkaufen wollen.«

»So? Wird nicht einfach sein.«

»Was weiß ich. Die Gemeinde hat wahrscheinlich schon Interesse. Ist ja ein wunderschöner Bauplatz.«

»Wäre irgendwie schade um Dornröschens Garten. Und wo wird der Herr Schiller dann Tennis spielen?«

»Der findet sich schon wieder was.«

»Ich weiß nicht recht. Soll aber nicht meine Sorge sein. Ich habe genug damit zu tun, meinen eigenen Erinnerungen nachzugehen. Mit den Eltern habe ich übrigens im Haus vom Schulrat Köberl gewohnt. Kennen Sie das?«

»In Straßen, beim Almwirt, nicht wahr? Schöne Gegend.«

»Ja. Besonders für ein Kind. Ein einziger Abenteuerspielplatz. Und dazu noch diese Gipsseilbahn.«

»Die funktioniert noch immer. Das Bergwerk ist in Gößl, am Ende vom Grundlsee, und die Fabrik steht bei uns in Aussee, in der Nähe vom Bahnhof. Den alten Köberl und seine Frau gibt's schon lang nicht mehr, und die Kinder sind weg. Das Haus haben Fremde gekauft.«

»Kennt sich aus, die Anna.«

»Es geht. Wenn Sie übrigens eine halbe Stunde warten, könnte ich Sie im Auto in den Ort mitnehmen. Ich fahr einkaufen.«

»Nein, danke. Lieber zu Fuß.«

»Dann gehen Sie am besten durch den Schwabenwald hinunter, netter Weg, auch für ältere Herren geeignet.«

»Danke.«

»Ich zeichne es Ihnen auf die Serviette, wie Sie hinkommen.« Anna beugte sich über den Tisch, und Käfer freute sich über ihre Nähe.

Als er den steilen, zur Traun hin abfallenden Waldhang hinunterging, holte Käfer die Serviette hervor und dachte daran, daß er Annas Wegskizze ganz bestimmt nicht brauchen würde. Der Schwabenwald war für den Toni und ihn nämlich einer der bevorzugten Spielplätze gewesen. Sein Freund hatte ihm – und wahrscheinlich auch sich selber – vorgeflunkert, daß ein entfernter Verwandter beim Zirkus sei. Jawohl, ein echter Rebernigg, Otto mit Namen. Um diese Geschichte zu untermauern, zeigte er von Zeit zu Zeit Beweisstücke her: einen kleinen Spiegel mit Bakelit-rand, der ganz gewiß einer Artistin gehört hatte, einen original Seehund-Balancierball und ein Stück Seil aus dem Nachlaß eines gottlob im Bett verstorbenen Seiltänzers. Diese Schätze mußten natürlich vor unbefugter Habgier verborgen bleiben. Sie wurden also im Schwabenwald an verschiedenen, durch Geheimzeichen markierten, Stellen vergraben. Gut möglich, daß sie dort noch immer ihrer Entdeckung harrten. Käfer schob die Serviette in die Hemdtasche zurück, weil er sie nicht wegwerfen wollte.

Am Ziel angekommen, ließ er sich einfach treiben. Als Kind hatte er sich nie besonders für das Ortszentrum interessiert. Das war eine Welt für die Erwachsenen. Konditoreien und Spielwarengeschäfte natürlich ausgenommen. Auch der sonntägliche Kirchgang mit den Eltern beeindruckte ihn wenig. Vater dachte viel zu rational, um zu besonderer Frömmigkeit zu neigen, und Mutter folgte seinem Beispiel wie in allem. Aber Gott, vertreten durch seinen irdischen Sachwalter, den Pfarrer, war nun einmal eine Autorität, und die galt es zu respektieren. Abgesehen davon war auf dem Weg zur heiligen Messe eine profane, auch für einen Buben faszinierende Sehenswürdigkeit zu bestaunen: die Schmiede. Damals gab es noch recht viele Pferde im Ausseerland. An Wochentagen konnte Daniel in der rußigen Werkstatt Flammen lodern sehen und Funken sprühen. Dann und wann stand auch ein Pferd unter dem großen Vordach und ließ sich erstaunlich geduldig die Hufe beschlagen.

Ob es die Schmiede noch gab? Käfer schlenderte durch die Hauptstraße, überquerte die Traun – diesmal jene, die vom Grundlsee kam – und stand bald darauf unter dem immer noch vom Ruß geschwärzten Dach. Ein Zettel an der Tür informierte, daß hier an zwei Wochentagen ein Schauschmieden stattfinde. Hephaistos als Animateur. Na ja.

Ein paar Schritte weiter fand Käfer dann noch ein Gebäude, das ihm in Erinnerung geblieben war: das alte Gasthaus ›Zur blauen Traube‹.

Unter dem runden Torbogen stand Eustach Schiller. Er trug diesmal einen hellen Leinenanzug, etwas dandyhaft wirkende geflochtene Schuhe und einen altmodischen Strohhut. Er bemerkte Käfer und zog schwungvoll den Hut.

»Mein Lieber! Welch erfreuliches Wiedersehen. Ich wohne immer in der ›Traube‹. Ein uraltes Haus, hat viel zu erzählen.«

»Interessant.«

»Das will ich meinen. Das mächtige Gebäude, wie es hier vor uns steht, stammt aus dem 15. Jahrhundert. Aber nicht nur ich unterstelle, daß darin auch die Mauern eines viel älteren Wehrbaus zu finden sind. Anderswo pfeift einem der Wind der Veränderung verteufelt ungemütlich um die Ohren. Hier bleibt man gelassen, wie es weiland der nicht genug zu rühmende Tollinger war.«

»Vor Ihnen tut sich eine beschämende Bildungslücke auf. Tollinger?«

»Balthasar Tollinger. Der Schwiegersohn Christoph Praunfalks, ein bedeutender Bewohner dieses geschichtsträchtigen Gebäudes.«

»Entschuldigen Sie, wenn ich unterbreche. Wer war Praunfalk?«

»Einer der wichtigsten Salzverweser der Ausseer Geschichte. Ein Rationalisierungsfachmann modernen Zuschnitts im 16. Jahrhundert. Er trieb den selbstgefälligen Ausseer Salzbürgern die Tränen in die Augen, und auch dem Herrn Pfarrer zeigte er, Gegenreformation hin oder her, wo der liebe Gott wohnt: nämlich im Amtssitz des Salzverwesers, dem Kammerhof. Nun ja. Bei Praunfalk war noch nicht ganz klar, ob er als toleranter Katholik oder verkappter Lutheraner gelten durfte. Für Balthasar Tollinger war allerdings nur noch das Augsburger Bekenntnis von Bedeutung. Viermal wurde er deshalb des Landes verwiesen, und jedesmal kümmerte er sich einen feuchten Staub darum. Tollinger blieb in seinem wehrhaften Haus sitzen, bis er sich dann friedlich zum Sterben hinlegte.«

»Beachtlich, in der Tat.«

»Nicht wahr? Wir stehen übrigens an einem Brennpunkt ausseerischer Identität. Die alte Salzstraße über den Radling ging von hier aus. Gleich nach der Kirche steigt sie steil an. Daher die Hufschmiede: Pferdeservice, sozusagen. Außerdem mußten zusätzliche Rösser vorgespannt werden. Kommen Sie mit, Herr… wie war doch gleich der Name?«

»Käfer, Daniel Käfer.«

»Ja, jetzt weiß ich's wieder. Sehen Sie: An der

Brücke über die Traun hatten die Fuhrleute Maut zu entrichten. Und die Hauptstraße gehörte und gehört den alten Ausseer Bürgerfamilien. Darum ist auch das Rathaus hier zu finden. Und wenn Sie diese schmale, steile Gasse rechter Hand hinaufgehen, kommen Sie zum Kammerhof, der nicht nur vom Standort her höher angesiedelt war als der Sitz des Bürgermeisters. Also, manchmal meine ich, daß die alten Strukturen der Salzerzeugung und des Salzhandels für die Ausseer immer noch prägender sind als lächerliche eineinhalb Jahrhunderte Fremdenverkehr.«

## 8

»So, die Mitte, das Herz! Kommen Sie, wir queren die Straße und gehen zum Postamt hinüber. Für die Errichtung dieses seelenlosen Klotzes wurde in den 50er Jahren ein uraltes Dörrhaus der Saline abgerissen. Kehren wir diesem Denkmal brachialer Ortsbildpflege also verächtlich den Rücken. Durch die Hauptstraße sind wir hergekommen. Linker Hand sehen Sie die heutige Ischler Straße, vormals Neugasse, vormals Kotgasse. Das deutet auf eine wenig bürgerliche Vergangenheit hin, meinen Sie nicht auch? Tatsächlich wohnten hier bis ins 19. Jahrhundert die Pfannhauser, die Salinenarbeiter. Sie wohnten und arbeiteten noch im Ortszentrum, als schon die ersten Kurgäste eintrafen und auf sogenannten Dampfpromenaden zwischen den Salzpfannen wandelten. Aber so richtig vertrugen sich schwere Arbeit und eleganter Müßiggang ja doch nicht. Die Salzverarbeitung wurde an den Ortsrand verlegt. – Drehen wir uns also um, und wenden wir uns der Bahnhofstraße zu. Sie führt zum inzwischen auch schon Vergangenheit gewordenen Bereich der Salinen. Auf halbem Wege, dort, wo die Beckbrücke die Traun überspannt, ist die Grenze zwischen dem Aussee der Bürger und dem Aussee der Arbeiter. Heute natürlich nicht mehr so streng gezogen, aber immer noch deutlich.«

Schiller breitete die Arme aus und drehte eine groteske Pirouette.

»Und rings um uns das Aussee des Fremdenverkehrs, betulich begrünt und nobel herausgeputzt. Bitte betrachten Sie doch das Kurhaus, von einem Italiener gebaut. Cordignano hieß er. Steht da wie eine Operettenkulisse. Soll man so etwas wirklich ernst nehmen? Andererseits wäre ohne Kurhauskonditorei die Ausseer Kommunikationskultur nachhaltig gestört. Also was soll das Geschwätz. Trinken wir Kaffee oder was auch immer im Kastaniengarten? Sie sind mein Gast.«

Daniel Käfer hatte einen Espresso bestellt, weil der Frühstückskaffee im ›Ech‹ wenig zur Ermunterung geeignet war.

»Herzlichen Dank für diese kurze, aber profunde Lektion, Herr Schiller. Für mich sind das völlig neue Perspektiven. Ich habe damals das Ausseerland als Kind kennengelernt, mit wenig Interesse an historischen Bezügen.«

»Jaja. Wo stand Ihre Wiege?«

»In Graz.«

»Sie Ärmster!«

»Warum?«

»Sehen Sie, ich komme aus Deutschland und bin naturgemäß fremd hier. Doch als Grazer sind Sie nicht nur fremd, sondern auch noch befremdlich.«

»Wie ist das zu verstehen?«

»Die Ausseer haben durch Jahrhunderte üble Erfahrungen mit steirischen Landesfürsten gemacht und fühlen sich von der aktuellen Landesregierung erst recht sträflich vernachlässigt. Andererseits waren sie auch nicht wirklich begeistert, als das Ausseerland unter den Nazis zu Oberösterreich kam. Wie auch immer: Sie werden es schwer haben hier.«

»Im Ernst?«

»Im Ernst. Als kaiserliches Privateigentum war das Salzkammergut vom übrigen Österreich abgeschottet. Die Leute haben es gelernt, sich selbst zu genügen. Tracht, Brauchtum, Volksmusik, alles war und ist dazu da, es sich in diesem kleinen Universum wohnlich und vergnüglich einzurichten. Heutzutage dürfen auch Fremde dann und wann zur Unterhaltung beitragen, als Pausenclowns, sozusagen.«

»Und Sie, Herr Schiller?«

»Ich trage eher Pekuniäres bei, spende, unterstütze, bin Mitglied, wo man mich läßt. Ich gehöre zwar zum sommerlichen Inventar, bin nützlich und werde genutzt, bleibe aber nach einem guten Jahrzehnt leidenschaftlicher Annäherung so fremd wie am ersten Tag.«

»Und wie äußert sich das?«

»Erstaunlich subtil, mein Lieber. Ich bin überall dabei, gehöre aber nirgendwo dazu, verstehen Sie?«

»Nein.«

»Sie absolvieren ja auch erst den Anfang Ihres Leidensweges. Oder möchten Sie etwa nicht hier heimisch werden?«

»Doch, möchte ich. Mir ist es, pathetisch gesagt, als hätte ich unter all dem Schutt des Berufslebens meine Seelenlandschaft wiedergefunden.«

»Dann begrüße ich Sie herzlich im Verein der unglücklich Liebenden. Wir haben zahlreiche Mitglieder, und viele davon tragen prominente Namen.

Wir stehen in edlem Wettstreit miteinander, registrieren neidvoll jeden Millimeter Boden, den einer von uns gewinnt, und zerfließen in falschem Mitgefühl, wenn sich alles wieder einmal als Chimäre erweist.«

»Aber es gibt doch jede Menge Fremdenverkehr?«

»Touristen haben es leicht, mein Guter. Sie sind mit herzlicher Gastfreundschaft zufrieden. Aber wir obsessiv Liebende…«

»Sie resignieren demnach?«

»Ach wo, weit gefehlt. Ich spiele, und ich träume. Und eine Bühne für meine verschobene oder meinetwegen auch verschrobene Sicht der Wirklichkeit kennen Sie ja inzwischen.«

»Die Villa Muthspiel steht jetzt zum Verkauf, habe ich reden gehört.«

»Ja, ich weiß.«

»Ich bin auch schon in Praunfalk gewesen. Mein Bruder war dort in der Schule und im Internat.«

»Wie zum Beispiel André Heller, damals noch Franz.«

»So? Der auch? Ist mir neu. Sagen Sie, Herr Schiller, wissen Sie Näheres über die Hürsch-Villen?«

»Nicht viel. Haben Sie das Elisabethheim gesehen? Ein großer Bau, oben am Waldrand.«

»Ja, ich glaube schon.«

»Mit diesem Haus hat für den Ortsteil Praunfalk eine neue Ära begonnen. Ein Wiener Arzt, Klimatologe und Universitätsdozent, Dr. Schreiber war sein Name, wenn ich mich recht entsinne, hat es Ende des 19. Jahrhunderts als Kurhotel errichten lassen. Praunfalk wurde nobel und lockte Investoren an. Ein entscheidender Impuls kam von einer gewissen Susanne Hürsch, auf deren Initiative hin fünf Villen errichtet wurden. Drei davon sind meines Wissens noch vorhanden. Aber die große Zeit der Villen ist schon lange vorbei. Ihre Welt ist der Vergangenheit anheimgefallen, noch bevor sie so richtig Gegenwart sein durfte. Heute ist Praunfalk das Kulissendepot des Ausseerlandes. – Aber gibt es etwas, das mehr faszinieren könnte als der verblassende Widerschein einer Zeit, die wie ein Feuerwerk aufglühte und verlosch? Natürlich war da und dort auch Geldgier im Spiel, Spekulation oder Hochstapelei. Aber betrachten Sie doch nur einmal die Architektur dieser Gebäude! Große Fenster, Veranden und Balkone, die sich der Landschaft öffneten und den Sommer auf das heiterste inszenierten. Diese fröhlichen Triumphe der Unvernunft …, Türme, die niemand brauchte, Erker und Zinnen. Und dann natürlich Dekor, über und über. Das sommerliche Leben in den Villen war nicht Pflicht, sondern Lust, um so mehr, je bedrohlicher die stinkenden und lärmenden Städte mit ihren neuen Fabriken wurden, je verwirrender sich eine Gesellschaftsordnung darstellte, die mit Ordnung nichts mehr zu tun hatte. Schon mit dem Ende der Monarchie war der schönste Zauber gebrochen, und als dann die Nazis die doch überwiegend jüdisch inspirierte Sommerfrische-Kultur ausmerzten, waren die Villen nur noch Gefäße für beliebig austauschbare Inhalte.

Ja und heutzutage ist der kaum noch wahrnehmbare Rest alter Herrlichkeit ein unschätzbares Biotop für unsereinen. Hier sind wir Fremde nicht fremd. Da ist Heimat für Unbehauste. – Sie müssen den ungehemmten Fluß meiner Rede schon entschuldigen, lieber Herr Käfer, aber einen Augenblick hatte ich das Gefühl, es gäbe da eine verwandte Seele.«

»Es war kein Wort zuviel.«

»Danke. Doch halt, was sehe ich! Anna! Herbei mit dir!«

Käfer, der mit dem Rücken zur Straße saß, hatte sie nicht bemerkt. Anna kam zum Tisch und nahm lächelnd Platz. »Da haben sich die zwei Richtigen gefunden.«

Schiller legte eine Hand auf ihren Unterarm. »Anna, Lichtgestalt und Rabenbraten! Natürlich hast du recht. Du kennst Herrn Käfer?«

»Wir frühstücken miteinander.«

»Ei der Daus! So weit habe ich es trotz jahrelanger Bemühungen noch nicht gebracht.«

»Wird schon einmal werden, Herr Schiller, nicht wahr?«

»Ach ja, die Anna. Als ich das erste Mal nach Aussee gekommen bin, warst du noch in der Schule. Und schon damals kein übermäßig braves Mädchen. Und heute mähst du die Männer reihenweise nieder. Na, was ist? Noch immer nichts Festes in Sicht?«

»Kommt darauf an.«

»Auf was?«

»Wie man's nimmt. Und ich nehm's nicht so tragisch.«

»Verstehe. Was darf ich für dich bestellen, Anna?«

»Kaffee, bitte. Der im ›Ech‹ ist nicht besonders.«

»Und warum macht ihr ihn nicht besser?«

»Der war immer schon so.«

Käfer hatte sich entspannt zurückgelehnt und hörte kaum noch zu. Er schaute in die Runde und versuchte sich in der sommerlichen Gästeschar im lichten Schatten von Baumkronen und Sonnenschirmen zurechtzufinden. Über dem fortwährend sich verändernden Bild lag eine leichte, doch umfassende Beständigkeit. Der ›Lewandofsky‹ war offenbar einer jener raren Orte, die sehr verschiedenartige Menschen dazu brachten, sich einer ganz bestimmten Atmosphäre zu fügen. Außerdem schien es so etwas wie zeitweilig wirksame Magnetfelder zu geben. Manche Tische zogen vorbeikommende Passanten an, verbanden sie zu rasch wachsenden Gruppen und ließen sie später, einem undurchschaubaren Gesetz folgend, auseinanderstreben. Da und dort wurde auch hofgehalten, von prominenten Gästen, die beiläufig ihre Öffentlichkeitsarbeit erledigten, oder von sichtlich Einheimischen, die sich einfach den Umstand zunutze machten, daß jeder, mit dem etwas zu bereden war, nicht aufgesucht werden mußte, weil er ohnedies irgendwann hier eintreffen würde.

Käfer schreckte auf, als er eine Hand auf seiner Schulter spürte. Anna war aufgestanden und wandte sich zum Gehen.

»Ich sag danke für den Kaffee, Herr Schiller. Und Sie, Herr Käfer, möchte ich noch was fragen. Was haben Sie denn morgen vor?«

»Morgen? Nichts und alles.«

»Dann kommen Sie doch mit! Wir haben Ruhetag. Frühstück gibt es natürlich trotzdem. Und nachher sind wir alle miteinander in unserem Bootshaus am Grundlsee.«

»Da sage ich ganz bestimmt nicht nein.«

»Bootshaus!« Eustach Schillers Stimme war tonlos. Er saß da, glotzte, ließ die Kinnlade hängen und machte einen unbestreitbar debilen Eindruck.

## 9

»Sie eilen von Triumph zu Triumph, was Ihre Einbürgerung angeht, wie?«

Käfer feixte. »Man tut, was man kann.«

»Lassen Sie sich nicht täuschen. Die Ausseer sind Bestien. Von den Ausseerinnen gar nicht zu reden.«

»Wie aufregend.«

»Sie werden an mich denken, Herr Käfer.« Jetzt lächelte Schiller. »Wenn Sie dereinst Zuflucht suchen müssen, im Tal der Tränen: Kopf hoch, Sie werden in bester Gesellschaft sein.«

Käfer gönnte sich zur Feier des Tages ein Mittagessen im ersten Haus am Platz, dem ›Erzherzog Johann‹. Einem Sülzchen vom steirischen Wurzelfleisch nebst mariniertem Mostbrotknödel ließ er einen ausgelösten Saibling mit heimischen Kräutern folgen. Endlich erlag er auch noch den Reizen eines Holunderparfaits mit eingemachten Beeren. Er seufzte zufrieden, gab ein ordentliches Trinkgeld und fand sein arbeitsloses Dasein durchaus erträglich.

Wieder unterwegs, folgte er der schmalen Straße, die neben dem Hotel flach ansteigend zum Chlumezkyplatz führte. Seltsamer Name... vermutlich entstanden, als sich, angelockt von der Kaiserresidenz in Ischl, die bessere Wiener Gesellschaft überall im Salzkammergut wichtig machte. Er nahm sich vor, Eustach Schiller, diese wandelnde Ortschronik, danach zu fragen. Am Ziel angelangt, stellte Käfer erstaunt fest, daß er in eine andere Welt geraten war. Der große, langgestreckte Platz wirkte feierlich und repräsentativ. Umringt von alten Bürgerhäusern, ließ der wuchtige Kammerhof keinen Zweifel daran aufkommen, daß die wahren Herren des Ausseerlandes hier residiert hatten. Die Fenster und das große Tor waren mit rotem Marmor gerahmt.

Auch das stattliche, mit Fresken geschmückte Gebäude nebenan, das »Hofer-Haus«, wie auf einer Tafel zu lesen war, gab Zeugnis von Macht und Reichtum. In merkwürdigem Gegensatz dazu stand schräg gegenüber der klassizistische Bau der Sparkasse.

Als Käfer bemerkte, daß im Kammerhof das Heimatmuseum untergebracht war, erfaßte ihn

Wißbegierde. Er trat ein und verbrachte viel Zeit mit Salzgeschichte und Volkskunde, mit Höhlenbären und alten Trachten.

Dann schlenderte er wieder durch den Ort, der ihm allmählich vertraut wurde, fand sich irgendwann im Kurpark wieder und setzte sich auf eine Bank am Traunufer. Hier war es still, nur das fließende Wasser gluckste und murmelte fast unhörbar leise. Käfer stellte erfreut fest, daß er es fertigbrachte, einfach nichts zu tun, ohne sich zu langweilen. Erst als die Sonne hinter dem markanten Massiv des Sarsteins verschwand, machte er sich auf den Heimweg.

Es war schon dunkel, als er, vom ›Ech‹ her kommend, bei seinem Quartier anlangte. In keinem der Fenster sah er Licht, aber die Tür war unverschlossen. Er suchte erst gar nicht lang nach einem Schalter, stieg vorsichtig tastend die Treppe hinauf und fand sein Zimmer. Käfer stutzte. Ganz deutlich nahm er den feinen Duft von Zimt wahr. Im Licht sah er dann neben einer Flasche mit Apfelschnaps eine Schale, in der Backwerk aufgehäuft war. Er nahm ein Stück zwischen Daumen und Zeigefinger. Dick war es, wie ein prall gefülltes Federkissen, annähernd herzförmig und mit Puderzucker bestäubt. Käfer kostete, fand Gefallen an den süßen

Gaben und aß weiter, obwohl er keinen Hunger hatte.

Er dachte an den nächsten Tag. Bootshäuser hatten ihn schon als Kind fasziniert. Allein der Besitz eines Bootes war ihm als Inbegriff luxuriösen Lebens erschienen. Und dann noch ein Haus im Wasser, mit dem festen Land nur beiläufig verbunden, eine sehr private Welt, zu der nur wenige Glückliche Zutritt hatten. Warum ließ ihm Anna dieses elitäre Vergnügen zukommen? Vielleicht wollte sie einfach diesem Schiller eins auswischen. Vielleicht aber auch …, ach was.

Am nächsten Morgen war er schon dabei, das Haus zu verlassen, als ihn Frau Schlömmer in die Küche rief.

»Gut geschlafen?«

»Ja schon. Aber wild geträumt. Ich habe den Verdacht, daß Ihr Backwerk daran schuld war, dieses himmlische Teufelszeug. Sagen Sie einmal, was ist das eigentlich?«

»Almraungerln. Butter, Sauerrahm, Mehl, Zukker, Zimt, Neugewürz, in Schmalz herausgebakken.«

»Monumental. Jetzt wundert mich nichts mehr. Danke, übrigens.«

»Aber gern. Wenn ich meinen Zimmerherrn

schon allein lasse… Aber Donnerstag abend geh ich immer Jazz-Turnen.«

»Sie?«

»Ja, ich. Tut der Figur gut, und Spaß macht's auch. Noch was: Wenn Sie das Frühstück bei mir haben wollen, soll's mir recht sein. Ich muß ja für mich auch was richten, hab ich mir überlegt.«

»Ganz lieb von Ihnen. Aber irgendwie hab ich mich an den ›Ech‹ gewöhnt.«

»Und an die Anna. Nicht wahr?«

»Der Vater ist mit dem Peter schon voraus. Ich fahr mit Ihnen, wenn's recht ist.« Anna trug Jeans und ein T-Shirt mit dem Aufdruck NO SEX. NO DRUGS.

»Meine Ente ist auch die Ihre.«

»Sagen wir Du? Ist einfacher und hat nichts zu bedeuten.«

»Gern.«

»Badesachen hast du mit?«

»Die liegen im Auto.«

»So. Nach der Bushaltestelle rechts den Hang hinauf.«

Käfer nickte und nahm die Kurve so sportlich, wie es 16 PS zuließen. Die Ente geriet in eine Schräglage, die nur Fahrer alltäglicher Autos beunruhigte. Allerdings löste sich auf der Beifahrerseite das hochgeklappte Seitenfenster und schlug kräftig gegen Annas Ellenbogen.

»Verdammter Mist! Die Ente von meinem Freund hat einen Schnappverschluß statt dieser blöden Gummimuffe.«

»Neumodisches Zeug.«

»Altmodischer Mensch.«

Käfer hob gleichmütig die Schultern, fuhr aber langsamer weiter. Der Fahrweg mündete in einen Parkplatz oberhalb des Sees.

»Und jetzt zu Fuß. Sind nur ein paar Minuten.«

Das Bootshaus stand am Ende einer sanft abfallenden Wiese. Es gab einen kleinen Raum, in dem man zur Not kochen oder auch übernachten konnte. Durch das Fenster fiel der Blick auf ein hölzernes Ruderboot, das im Wasser schaukelte. Vor dem Haus ragte ein breiter Steg in den See hinaus.

Die beiden hatten sich umgezogen. Annas Bikini war mit munteren Wellen in Gelb und Rot gemustert, Käfers Badehose, einmal dunkelblau gewesen, war mit den Jahren merklich heller geworden.

»Hast du die vom Flohmarkt?«

»Nein. Ihr Zustand entspricht meiner gesamten Garderobe. Bevor mir ein Textil nicht vom Leibe fällt, kommt nichts Neues ins Haus.«

»Aber wasserfest ist sie schon?«

Anna warf Käfer in den See und sprang hinterher.

»Na, der Herr?«

»Verbindlichsten Dank, mir hätte nichts Besseres zustoßen können.«

Nach dem Schwimmen saßen sie am Rand des Steges und ließen die Beine baumeln.

»Wo sind eigentlich der Peter und dein Vater?«

»Die sind mit dem Segelboot draußen.« Sie schaute suchend über die Wasserfläche. »Da vor der Castiglioni-Villa! Ich glaube, die kommen zurück.«

»Darf ich mir was wünschen?«

»Kommt darauf an.«

»Rudern wir zwei hinaus?«

Anna hob den Kopf. »Ich weiß nicht recht. Da, schau, über dem Sarstein!«

»Die paar Wolken?«

»Von dort kommt das schlechte Wetter.«

»Aber doch nicht so schnell. Anna, jetzt weiß ich, warum die ersten Weltumsegler Männer waren.«

»Kindskopf. Entschuldigen schon, der Herr.«

»Feig?«

»Ich? Nie.«

»Also dann.«

Käfer ruderte, Anna saß am Heck und beobachtete mißtrauisch den Himmel. Etwa auf halbem Weg zwischen den Ufern kam böiger Wind auf. Es dauerte nur wenige Minuten, bis heftiger Regen einsetzte. Jetzt waren die Windstöße gefährlich stark geworden, und die Wellen hatten helle Schaumkronen. Käfer schaute betroffen drein. »Was jetzt, Anna?«

Wortlos stand sie auf und drängte ihn von der Ruderbank. »Ans Heck mit dir. Und stillhalten. Mehr bringst du sowieso nicht zusammen!«

Käfer entfernte sich auf allen vieren kriechend. Das Boot schwankte bedenklich. Mit ein paar raschen Ruderschlägen drehte es Anna gegen den Wind.

»Zum Ufer da drüben wär's aber näher.«

Anna gab keine Antwort, in ihrem Gesicht war blanke Verachtung. Sie ruderte erstaunlich kraftvoll und schien zu wissen, was sie tat. Dennoch bekam es Käfer allmählich mit der Angst zu tun.

Der Gewittersturm hielt unvermindert an, als nach und nach die Wellen harmlos wurden.

»Wie kommt das, Anna?«

»Die Kreuzbucht. Es gibt Stellen im See, die bleiben auch bei Sturm ruhig.«

»Und wie geht's weiter?«

»Wir warten, bis sich das Naßwerden wenigstens auszahlt.«

Daniel Käfer saß allein in seinem Auto. Anna hatte es vorgezogen, mit ihrem Vater heimzufahren. Der Himmel war wieder blau, Dunst lag über dem Land, die Luft war frisch. Nur Käfers Stimmung blieb düster. Mein Gott, was hätte aus diesem Tag werden können! Käfer verspürte den Drang, wie ein Kind zornig aufzustampfen. Doch er fuhr in einer alten Ente dahin, und selbst ein wilder Tritt auf das Gaspedal hätte nur wenig Wirkung gezeigt.

Er gönnte sich aber einen Anflug von Hochmut. Wie kam er eigentlich dazu, sich von einer Serviererin auf die Eselsbank verweisen zu lassen? Immerhin hatte er eine der führenden Publikationen des deutschsprachigen Raumes geleitet. Anna las wahrscheinlich Rosamunde Pilcher, wenn überhaupt. Und wie dachte der Peter jetzt über ihn? Was schon, Kindereien. Und der Wirt? Er hatte Käfer einen kurzen Blick zugeworfen, als sie zum Bootshaus gekommen waren, Anna den Arm um die Schultern gelegt und sie an sich gezogen. Ein schlichter Mensch eben, instinktgesteuert.

Erstaunt bemerkte Käfer, daß es ihm besserging, je wütender er wurde. Er grübelte, fuhr ziellos vor sich hin, bog unwillkürlich in die Straße nach Altaussee und folgte ihr bis zum Parkplatz neben der Kirche. Er wußte, daß ein Fußweg rund um den See führte, und er brauchte Bewegung, viel Bewegung. Linker Hand der Friedhof, dann ein paar Villen am Waldrand. Sie wirkten anders auf ihn als jene in Praunfalk, lebendiger. Ein Badeplatz, eine Fischerhütte und dann der schmale Pfad das felsige Ufer entlang.

Käfer ging rasch und nahm die Schönheit der Landschaft nur unwillig zur Kenntnis. Als er die Seewiese erreicht hatte, blieb er dann doch stehen. Wild wucherndes Gras, Sumpfboden, von Tümpeln durchsetzt, ein paar mächtige Felsblöcke, unwirklich leicht. Dem Ufer zu verloren sich Wiese und Wasser an den See, der tiefblau glänzte. Am Horizont leuchtete der Dachstein, weiß, spitz und über die Maßen erhaben.

»Viel zu makellos«, murmelte Käfer, »viel zu schön«, und ging weiter. Wald dann wieder, der Fels im Wasser, das Strandcafé, die Seeklause. Hier fing Peters Abenteuerweg an. Käfer dachte an den Stein mit der unleserlichen Schrift. Ach was, unleserlich. Jetzt wollte er der Sache auf den Grund gehen, den Stein entblößen, bis er nackt vor ihm lag.

Er hatte ihn bald gefunden, nahm sein Taschenmesser, schabte, putzte und hielt ratlos inne, als er glaubte, lesen zu können, was da in Kurrentschrift eingeritzt war: »M. Käfer«.

## 10

»Wie geht's? Trocken?« Anna lächelte. Hinterhältig lächelte sie, befand Käfer.

»Ja, trocken. Ist der Peter da?«

»Ich geh nachschauen, ob er schon munter ist.«

Anna kam mit Peter zurück, und beide setzten sich an Käfers Tisch.

»Ich war gestern noch einmal bei dem Stein am Traunufer, den du mir gezeigt hast.«

»Warum?«

»Neugier. Ich habe die Schrift freigelegt und auch entziffern können.«

»Und?«

»›M. Käfer‹ steht drauf. Auch noch eine Jahreszahl, 1933. Schon eigenartig, was, Peter?«

»Zufälle gibt's ...«

»... die gibt es nicht. Jetzt einmal ehrlich: Warum hast du mir den Stein gezeigt?«

»Weil mir danach war. Und die Ur-Oma hat ja auch gemeint, daß ich dir alles zeigen soll.«

»Und du hast nicht gewußt, was auf dem Stein steht?«

»Nein. Ehrenwort.«

»Aber vielleicht weiß es die Ur-Oma?«

»Frag sie halt. Sie ist in der Küche Erdäpfel schälen. Ich hol sie.«

»Beim Käferstein warst du also mit dem Peter?«

Die alte Frau schaute ernst drein. Klein und gebrechlich wirkte sie, doch auf ihre Weise auch lebhaft. Käfer dachte, daß ihr die Anna einmal recht ähnlich werden könnte.

»Sie wissen also, was draufsteht?«

»Das wissen fast alle in meinem Alter. Aber so viele sind wir nicht mehr.«

»Und die Geschichte dazu?«

»Hat der Peter nichts erzählt?«

»Doch. Daß eine fremde Frau dort ins Wasser gegangen ist.«

»Mehr weiß ich auch nicht. Gesehen hat's niemand. Eine Tote hat man auch nicht gefunden.«

»Und der Name Käfer?«

»Weiß nicht, warum der auf dem Stein steht. Wie ich ein Kind war, ist aber ein ganz altes Fräulein Käfer, eine ehemalige Dienstbotin, zu uns ins Wirtshaus gekommen, in die Mühl.«

»Scheichlmühle?«

»Jaja. Da haben in den Siebzigern ja auch deine Eltern Milchkaffee getrunken, und du hast eine

Chabesade gekriegt. Ich hab damals sogar vom Käferstein erzählt, weil mir das aufgefallen ist, mit dem Namen. ›Ich bitte Sie! Lassen Sie mich mit Dienstbotinnen in Ruhe!‹, hat dein Vater gesagt, oder so ähnlich. – Und jetzt muß ich in die Küche.«

Käfer schaute ihr nach, wie sie mit kleinen energischen Schritten den Raum durchquerte. Er wartete, bis sie nicht mehr zu sehen war.

»Alte Geheimniskrämerin. Wie alt eigentlich?«

Anna dachte kurz nach. »Im September wird sie einundneunzig. Eigen ist sie schon manchmal. Aber meistens hat sie am Ende recht. Sogar der Vater hört auf sie. – Wo zieht es dich denn heute hin? Wieder ans Wasser?«

»Mitnichten. Ist doch fad, ganz ohne Gewitter. Ich werde einmal im Postamt mit meinem Bruder telefonieren.«

»Hast du kein Handy?«

»Nein.«

»Prähistorisch. Nimm meins.«

»Sehr lieb, Anna, aber es dauert wahrscheinlich länger. Der Heinz bekommt meine Post, und es gibt ja noch einiges zu regeln mit meinen ehemaligen Dienstgebern. Und wer weiß, wer mir sonst noch schreibt... Es könnten ja die tollsten Karriere-Angebote darunter sein, nicht wahr?«

»Weltumsegler, zum Beispiel.«

»Jetzt hör schon einmal auf damit. Sag mir lieber, wo ich Mittag essen soll.«

»Wie wär's mit der Mühle, wenn schon die Rede davon war? Einfach, aber gut. Außerdem bist du in der Nähe von deinem Stein.«

»Was habe ich davon, wenn ich nichts weiter mit ihm anfangen kann? Interessieren würde es mich natürlich schon, ob es familiäre Beziehungen zum Ausseerland gibt oder gegeben hat.«

»Und ich muß dann womöglich Onkel Daniel zu dir sagen. Weil um sieben Ecken herum sind wir alle irgendwie miteinander verwandt, glaub ich. Früher hat niemand hinauskönnen aus dem Tal, wegen dem Salz. Und von außen ist kaum wer hereingekommen. Na ja, unser Erzherzog Johann, der soll recht lustig auf den Almen unterwegs gewesen sein, bevor er sich in die Tochter vom Postmeister verliebt hat. Und als die Eisenbahn gebaut worden ist, haben die italienischen Arbeiter das Blut aufgefrischt. Ein paar ausländische Namen findest du heute noch im Telefonbuch.«

»So lasse ich mir Fremdenverkehr gefallen. Das Kurhaus hat ja auch ein Italiener gebaut, ein gewisser Cordignano.«

»Hör ich zum ersten Mal. Woher weißt du das?«

»Hat mir Herr Schiller erzählt.«

»Ja, der weiß natürlich alles über Aussee, mehr

als die Ausseer. Hilft ihm aber nicht viel, beim Einheimischwerden.«

»Wie geht man es richtig an?«

»Gar nicht. Dann kommt's vielleicht von selber.«

»Hallo, großer Bruder. Schön, daß ich dich erreiche.«

»Hochsommer, Daniel. Da ist es den Leuten sogar für Rechtsstreitigkeiten zu heiß. Wie geht es dir im Ausseerland?«

»Prächtig. Ich privatisiere und gebe viel Geld für gutes Essen und schöne Frauen aus.«

»Vielleicht solltest du damit nicht übertreiben.«

»Tu ich ja nicht. Das mit den schönen Frauen war gelogen.«

»Du wirst alt. Aber im Ernst: Du hast Post von deinem Konzern erhalten. Ich habe sie deinen Anordnungen gemäß gelesen. Der Inhalt ist wenig erfreulich. Sag, kannst du kurzfristig nach Graz kommen? Wir sollten die Sache persönlich miteinander besprechen.«

»Eigentlich habe ich wenig Lust dazu. Was ist denn los? Ist die Abfertigung geringer ausgefallen, als sie mir Bernd Rösler versprochen hat?«

»Deutlich geringer.«

»Aber deswegen gehe ich noch lange nicht in Sack und Asche, wie?«

»Natürlich nicht. Aber man hat dich schlecht behandelt. Und noch besteht eine Chance, etwas dagegen zu tun. Meinen rechtsfreundlichen Beistand hast du.«

»Beruhigend. Aber ich will nicht streiten. Die Angelegenheit ist für mich beendet, aus und basta.«

»Das kann und will ich nicht zulassen, Daniel. Ich komme mit den Unterlagen am Samstag, also morgen, zu dir nach Aussee. Kannst du für mich ein Zimmer reservieren?«

»Ich denke schon. Bauernhaus im Grünen.«

»Egal, wo. Holst du mich vom Bahnhof ab? Wir telefonieren noch wegen der Zeit.«

»Gern. Aber kann ich das alles wirklich von dir verlangen?«

»Das darfst du unterstellen, kleiner Bruder. Ich komme nämlich ohne Gattin.«

»Ja dann, viel Vergnügen! Und nimm Badesachen mit.«

Käfer ärgerte sich mehr über Röslers Wortbruch, als er seinem Bruder gegenüber zugegeben hatte. Zwar war der *IQ* wirklich kein Thema mehr für ihn, doch weniger Geld bedeutete auch weniger Freiheit in der Gestaltung seiner beruflichen Zukunft. Wenn es überhaupt etwas zu gestalten gab. Vielleicht hatte Sabine ja recht gehabt, und seine neue Freiheit war bald nur noch eine ganz banale Arbeitslosigkeit, wenn auch auf relativ hohem Niveau. Vielleicht konnte es wirklich nicht schaden, ausführlich mit dem Heinz zu reden. Einerseits war seine analytische Sicht der Dinge ziemlich langweilig, andererseits hatte Heinz oft genug bewiesen, wie sinnvoll es sein konnte, klar zu denken und sorgfältig abwägend zu entscheiden. Ganz abgesehen davon blitzte manchmal und meist völlig unvermutet das jugendliche Revoluzzertum seines Bruders auf, und dann konnte es recht unterhaltsam werden mit ihm.

Bis Mittag blieb noch Zeit. Käfer schlenderte zum Kurpark hinüber, um einen alten Bekannten zu begrüßen. Da stand er auch schon auf seinem niedlichen Felsgipfel, etwas Taubendreck auf dem Hut und auch sonst nicht auffallend majestätisch. Für den kleinen Daniel Käfer war der zur Statue erstarrte Erzherzog Johann dennoch ein auseerischer Mythos gewesen. Der große Daniel Käfer betrachtete das Standbild allenfalls mit respektvollem Interesse.

Im *IQ* hatte er vor Jahren einmal über Versager im Hause Habsburg geschrieben. Der vordergründig erfolgreiche Teil des Herrscherhauses zelebrierte den Niedergang der Donaumonarchie ja Sommer für Sommer in Bad Ischl, ließ sich von der

Sole die Lenden stärken oder traf mit greisenhafter Gebärde verderbliche Entscheidungen. Die weitaus interessanteren Habsburger zog es zwar auch ins Salzkammergut, aber sie hielten Distanz zur kaisergelben Residenz. Da gab es in Gmunden diesen famosen Johann Orth, vormals Erzherzog Johann Salvator. Noch im Schoße der Familie zog er mit höchst bedenklichen Schriften gegen verstaubte Organisationsstrukturen und sinnlosen Drill zu Felde. Außerdem nutzte er seine Position dazu, das desaströse Eheleben des Walzerkönigs Johann Strauß einigermaßen gesellschaftsfähig zu machen, und dachte allen Ernstes daran, eine bekanntermaßen lebenslustige Tänzerin zu heiraten. Der Hof versuchte ihn mit einem Versorgungsposten in Linz ruhigzustellen, der Erzherzog agierte aber auch dort in höchst unerwünschter Auffälligkeit und wurde prompt seines bescheidenen Amtes enthoben. Folgerichtig trat er aus dem Hause Habsburg aus, wurde bürgerlich und zog mit seiner Tänzerin ins Seeschloß Orth. Daß dieses schöne Haus letztlich zur Fernsehkulisse verkommen sollte, konnte er nicht ahnen.

Mit Erzherzog Johann war die Sache anders gelaufen. Als Politiker und Feldherr hatte er ambitioniert, aber strategisch bedenklich agiert. Der Generalstab versuchte ihm die Schuld an der bei

Wagram erlittenen Niederlage gegen die Franzosen in die Schuhe zu schieben. In Tirol bereitete er bald darauf einen neuen Aufstand gegen Napoleon vor – sehr zum Mißvergnügen Metternichs und vor allem des Kaisers Franz, der dem Franzosenkaiser gerade seine Tochter zur Frau gegeben hatte. Erzherzog Johann durfte zur Strafe sein geliebtes Tirol nicht mehr betreten. Blieb die Steiermark, wo er als Reformer von Industrie und Landwirtschaft hervortrat. Zweifellos war ihm das alles ein Anliegen, und doch konnte man es auch als Zeitvertreib eines unfreiwilligen Müßiggängers sehen.

Aber in Aussee, da war der Erzherzog ein hoher Herr, wenn auch kein hochmütiger. Er profilierte sich als sinnesfroher Bergwanderer und maßvoller Waidmann.

Hierzulande bestand seine weitreichendste Tat allerdings darin, daß er eine Ausseer Postmeisterstochter ins Auge und endlich ins Herz faßte, wie alle Welt weiß. So lange lebte er mit ihr in wilder Ehe zusammen, bis der Kaiser der Hochzeit zustimmte, »um der Sache ein Ende zu machen«. Den alles entscheidenden Satz hatte der entschlossen liebende Erzherzog allerdings nicht in Aussee gesagt, sondern im Ennstal: »Nanni, ich lasse nicht von Ihnen.« Besagte Nanni, Anna Plochl also, wurde zur Gräfin von Meran. Im Alter soll sie dem Vernehmen nach zänkisch geworden sein und schon einmal mit Schuhen nach Dienstboten geworfen haben.

Käfer blickte brüderlich lächelnd zum Erzherzog auf. Anna? Anna.

11

Als Käfer zum Auto kam, sah er einen Mann seines Alters, der interessiert durch das Seitenfenster die Armaturen betrachtete.

»Eine Ente, Baujahr 66«, gab Käfer Auskunft.

Der Mann wandte sich ihm zu und grinste. »Der Kalss Anton, Baujahr 61.«

»Toni, du! Das ist aber eine Überraschung.«

»Grüß dich.«

»Und was noch?«

»Jünger bist nicht geworden, schöner auch nicht.«

»Das betrifft uns vermutlich alle. Hat dir der Peter von mir berichtet?«

»Ja.«

»Ich möchte in der ›Scheichlmühle‹ Mittag essen. Kommst du mit?«

»Ich hab Ferien und keine Frau derzeit.«

Toni stieg ins Auto ein und schwieg erst einmal.

Käfer erinnerte sich daran, daß sein Freund nie viel geredet hatte, es sei denn, er fand Gelegenheit, von seinem circensischen Onkel zu erzählen. Wie er wohl heute zu ihm stand?

»Gibt es den Onkel Otto noch, Toni?«

»Wen?«

»Otto Rebernigg, den vom Zirkus. Die Schätze, die wir im Schwabenwald vergraben haben.«

Weil Toni beharrlich schwieg, redete Käfer weiter.

»Also ich bin dann in Graz ins Gymnasium. Später habe ich Zeitungswissenschaften studiert. Lehr- und Wanderjahre als Journalist quer durch die Welt. Und dann als Chefredakteur zum *IQ*.

»Was ist das?«

»Ein pfiffig gemachtes Magazin für Intellektuelle.«

»Stimmt, jetzt weiß ich's wieder. Und?«

»Ist eingestellt worden. Und mich hat man auch gleich entsorgt.«

»Vielleicht kann dich die *Alpenpost* brauchen?«

»*Alpenpost*?«

»Die *Salzkammergutzeitung*. Der Stadler Berz ist der Chef.«

»Berz?«

»Herbert.«

»Und du bist also Lehrer geworden?«

»Deutsch und Mathematik. In der Knabenhauptschule.«

»Na, vielleicht kann ich noch was lernen von dir.«

»Nichts Gscheites.«

Die beiden saßen in einer Art Veranda, einem altmodischen Vorbau aus Holz und Glas. Sie hatten gut gegessen, die Biergläser waren fast leer. Käfer blickte animiert um sich. An das ärgerliche Telefonat vom Vormittag dachte er nicht mehr. »So laß ich mir den Sommer gefallen.«

»Wie meinst du das?«

»Wiedersehen mit einem Freund aus Kindertagen. Ein Wirtshaus wie im Bilderbuch.«

»Es gehört übrigens nicht nur das alte Sägewerk dazu, sondern auch ein kleines Elektrizitätswerk. Und das Wichtigste wirst du nie zu Gesicht bekommen.«

»Was denn?«

»Die Modellbahn-Anlage vom Wirt.«

»Da haben wir es wieder. Das Kind im Manne. Und was wir zwei alles erlebt haben, Toni! Denkst du noch oft daran?«

»Selten.«

»Mir kommt es so vor, als wäre seitdem nichts wirklich Bedeutendes geschehen.«

»Das Erwachsenwerden hast du dir nie überlegt?«

»Die Antwort könnte von meinem Vater sein. Na ja, auch ein Beamter, ein gewesener allerdings. Gott hab ihn selig.«

Toni stand auf. »Ich geh jetzt.«

»Wohin?«

»Nach Obertressen hinauf. Dort hab ich ein kleines Haus.«

»Beneidenswert. Wann sieht man sich wieder?«

»Wird schon werden.«

»Ja dann…«

»Und wenn du Sonntag abend Zeit hast, komm zum Ruppe, Gasthaus ›Sonne‹, du weißt schon. Da musizieren ein paar von uns zusammen. Ich bin mit der Geige dabei, oder mit dem Keyboard. Je nachdem.«

Käfer wußte nicht recht, was er von diesem Wiedersehen halten sollte. Jedenfalls hatte er sich mehr erwartet. Schließlich hatten der Toni und er sogar Blutsbrüderschaft geschworen und den Schwur mit ein paar echten Tropfen Blut und zwei Gläsern *Frauengold* besiegelt. Dieses kostbar schimmernde Getränk wurde von Mutter in der Küchenkredenz ihres Quartiergebers aufbewahrt und nur einmal am Tag, nach dem Frühstück, für einen stärkenden

Schluck hervorgeholt. Es war also für den kleinen Daniel nicht allzu schwierig gewesen, die Flasche für ein paar Stunden unbemerkt zu entfernen. Aber tags darauf hatte die Mutter sofort gesehen, daß der Pegelstand gesunken war. Daniel bekam die erste und letzte Ohrfeige seines Lebens. Diesmal war die Mutter zur Tat geschritten, und der Vater hatte beifällig genickt.

»Na, der Herr? Satt und zufrieden?«

Käfer schaute überrascht auf, als er Annas Stimme hörte. Zwei Frauen standen in der Tür. Die eine zierlich und rotbraun, die andere groß und blond.

»Sabine! Wie schön, dich zu sehen. Herzlich willkommen im Ausseerland!

Und die Anna hast du schon kennengelernt... An meinen Tisch, ihr beiden!«

Anna warf ihrer Begleiterin einen Blick zu. »Da sitzt er. Dabei sollt er springen und rennen vor Freude.«

Sabine Kremser gab Daniel Käfer einen flüchtigen Kuß. »Das Alter, Anna, das Alter!«

»Ja, und wenn er auch noch Fleischknödel gegessen hat, kommt er überhaupt nicht mehr in die Höh. Hab ich richtig geraten?«

»Wie immer, Anna. Und zur Vertiefung deiner Erkenntnisse solltest du einmal die Sabine näher ins

Auge fassen. Schau nur, dieser leicht verhärmte Zug um die Mundwinkel, diese zartbittere Ironie in den Augen. Das kommt davon, wenn man sich ernsthaft mit mir einläßt. Hast du ihr übrigens schon von meinem seemännischen Triumph berichtet?«

»Erzähl du. Hört sich wahrscheinlich besser an.«

»Danke, sehr rücksichtsvoll. Kenn ich gar nicht an dir.«

»Was kennst du schon an mir? Und jetzt laß ich euch allein.«

Sabine schaute Anna nach. »Nett, nicht wahr?«

»Ja. Schon. Wie lange kannst du bleiben?«

»Bis morgen früh.«

»Ist aber verdammt kurz. Na ja, besser als gar nichts. Morgen kommt übrigens mein Bruder.«

»Das hat nichts Gutes zu bedeuten. Probleme mit der Abfertigung?«

»Ja, leider. Läßt mich aber ziemlich kalt.«

»Ist dir deine berufliche Zukunft gleichgültig?«

»So kannst du das nicht sagen. Geld ist nicht alles. Wie geht's denn mit deiner Arbeit weiter?«

»Werbung für eine Modekette. Anämische Models in einer Fabriksruine. So ein Scheiß, sag ich dir. Aber bleiben wir beim Thema. Kann dir dein Bruder helfen?«

»Wenn jemand, dann er.«

»Und wie weit ist dein kreativer Nachdenkprozeß gediehen? Weißt du schon, was du willst?«

»Nein. Wenigstens ist mir nichts bewußt. Aber eine Entdeckung habe ich gemacht. Die muß ich dir zeigen. Komm mit mir. Keine Widerrede.«

Diesmal folgte Käfer dem Traunufer vom Gasthaus zum See hin.

»Was hast du vor, Daniel? Für die Wildnis habe ich die falschen Schuhe an. Außerdem waren sie sauteuer.«

»Dann zieh sie aus.«

»Leuteschinder!«

»Zicke!«

»Was sagst du da?« Sabines Schuh traf ihn schmerzlich am Hinterkopf.

Er drehte sich zu ihr um und nahm sie grob an den Oberarmen. »Das wirst du mir büßen.« Er nahm ihr Gesicht zwischen die Hände, und für die nächsten paar Minuten war es ganz gut, daß es hier keine Zuschauer gab.

Sie versuchten Hand in Hand weiterzugehen, gaben es aber bald auf. Dann blieb Käfer stehen. »Da, schau, der Stein. Kannst du's lesen?«

»Ich muß raten. Sollte das wirklich ›Käfer‹ heißen?«

»›M. Käfer‹. Aufregend, nicht wahr? Es gibt ein paar dunkle Gerüchte dazu.« Käfer erzählte.

»Lange her, nicht?« Sabine schaute ihn an. Ihr Gesicht war weich geworden. »Und der kleine Daniel läßt die Phantasie spielen.«

»Der große Daniel auch.«

»Und warum der?«

»Weiß ich noch nicht. Hast du übrigens ein Zimmer? Meine Abstellkammer kann ich dir nicht zumuten.«

»Anna hat mir erzählt, daß dort, wo du wohnst, noch eins frei ist. Allerdings ohne deinen Dachsteinblick.«

»Auf den bist du eingeladen.«

»Darf ich vorstellen? Der Dachstein, nachtschwarz vor nachtschwarzem Hintergrund.«

»Schön!«

»Find ich auch. Und doppelt schön mit dir.«

»Werde bloß nicht sentimental, Daniel.«

»Warum nicht?«

»Ich hab dann immer Angst vor dem Aufwachen.«

»Angst? Du?«

Sie gab keine Antwort.

»Aber du kannst schon verstehen, warum ich diesen Platz am Fenster so mag, Sabine?«

»Ja, durchaus.«

»Hat was von Lagerfeuer, denke ich. Wir haben es hell, und die Gespenster der Nacht müssen draußen bleiben.«

»Nur vorerst, Daniel. Wenn es aber dunkel ist im Zimmer, wenn du schläfst...«

»Kann alles geschehen, ich weiß. *Schönheit und Schrecken. Man muß nur gehen: Kein Gefühl ist das fernste. Laß dich von mir nicht trennen. Nah ist das Land, das sie Leben nennen.* Rilke, *Stundenbuch*.«

»Bildungsbürger!«

»Das mir! Aber der Rilke steht nun einmal im Regal mit meinen Lieblingsbüchern. Übrigens zwischen Karl Kraus und Hugh Lofting.«

»Lofting?«

»*Dr. Dolittle*.«

»Ach so. Kinderbücher. Hätte ich mir denken können.«

»Natürlich hättest du. Sabine kennt Daniel durch und durch, aber Daniel hat von Sabine keine Ahnung.«

»Woher das wohl kommt?«

»Vielleicht sind Männer die primitiveren Geschöpfe, einfacher zu begreifen? Ich liege wie ein offenes Buch vor dir, Sabine, du brauchst nur zu lesen.«

»Und wie ist das mit mir?«

»Du bist natürlich auch ein Buch. Auf der ersten Seite steht alles über die Welt. Auf der zweiten steht alles über den Himmel und auf der dritten Seite alles über die Hölle oder über mich. Und dann gibt es noch siebentausendachthundertvierunddreißig Seiten Inhaltsverzeichnis.«

»Jetzt hast du ganz lieb pointiert nichts gesagt.«

»Muß man auch erst einmal zusammenbringen.«

»Weißt du eigentlich, daß ich von Duisburg her in einem durchgefahren bin, nur um dich treffen zu können? Das Abendessen vorhin war meine erste Mahlzeit heute.«

»Dann mußt du ja todmüde sein.«

»Seltsamerweise nicht. Noch mehr mitfühlende Anmerkungen?«

»Nein. Ich bin froh, daß du da bist.«

»Fein.«

»Was hast du denn?«

»Lust auf dich. Lösch das Licht, Daniel.«

»Nein. Ich will dich sehen.«

## 12

Der Morgen fühlte sich an wie Sabine, er roch und schmeckte wie Sabine. Sie schlief. Er hob ihr Haar hoch und biß sie zärtlich in den Nacken. Sabine maunzte wie eine Katze. Dann wachte sie auf.

»Ach du, mein Lieber! Wie spät?«

»Ist das so wichtig? Meine Uhr liegt drüben auf dem Tisch.«

»Worauf wartest du, Daniel? Schon lange keinen nackten Männerhintern mehr gesehen.«

Sanft zog er seinen linken Arm unter ihr hervor, stand auf und griff zum Bademantel.

»Spielverderber. Wie spät?«

»Ein paar Minuten nach acht.«

»Gut.«

Sabine sammelte ihre Kleidungsstücke ein und öffnete vorsichtig die Tür.

»Ich geh noch schnell in mein Zimmer. Duschen und das Bett in Unordnung bringen. Sieht ja doch besser aus so. Wir sehen uns dann unten.«

Frau Schlömmer stand in der Küchentür. »Wie ist es heute mit dem Frühstück?«

Käfer grinste. »Ja, bitte.«

Sie hatte schon alles vorbereitet, servierte, setzte sich auch an den Tisch und schaute zufrieden in die Runde. »Fast wie eine richtige Familie. Dummerweise mit Frauenüberschuß. Und Sie müssen wirklich schon wieder weg, Frau Kremser?«

»Ja, leider. Daniel hängt seinen Erinnerungen

nach, und ich bin von Termin zu Termin unterwegs, auch sonntags.«

»Und meine Viecher wollen auch am Wochenende ihr Futter. Von der anderen Arbeit red ich gar nicht. An uns Frauen bleibt's hängen.«

»Was macht denn Ihr Mann, Frau Schlömmer?«

»Der? Zuviel und zuwenig. Ein Bauer im Nebenerwerb ist kein richtiger Bauer, und ob er der Richtige für eine Bäuerin ist, weiß ich auch nicht. Kommen Sie uns wieder einmal besuchen? Kann ja nie schaden nachzuschauen, was ein Mannsbild so treibt.«

»Weiß Gott.«

»Ja dann, Daniel!«

»Gib acht auf dich, Sabine!«

Sie öffnete die Autotür. »Klar doch. Und noch was: Mach dich bei der Anna nicht zum Narren. Sie ist kaum zwanzig.«

»Sag einmal, was denkst du eigentlich von mir?«

»Immer nur das Schlechteste. Tschüß!«

Sie fuhr los. Käfer schaute ihr nach und winkte.

»Guten Morgen, mein Lieber! Wollen Sie uns nicht Gesellschaft leisten?«

Eustach Schiller, diesmal in Ausseer Tracht gekleidet, saß im ›Ech‹ mit Anna am Frühstückstisch.

Er brachte es fertig, gleichzeitig zu kauen und breit zu lächeln.

Anna schob für Daniel Käfer einen Sessel zurecht. »Wo ist die Sabine?«

»Weg. So geht's mir mit den Frauen immer.«

»Frühstück?«

»Haben wir bei der Frau Schlömmer bekommen. Morgen wieder, wenn ich darf?«

»Gern. Aber mit dem Vater. Ich hab Sonntag meinen freien Tag. Dein Bruder kommt, hab ich gehört. Macht er Urlaub bei uns?«

»Nein, oder nur für ein paar Stunden. Wir müssen etwas besprechen miteinander. Er ist ja Anwalt.«

Schiller legte die Semmel, von der er abbeißen hatte wollen, auf den Tisch. »Geschäfte im Paradies? Wenn da nur kein Engel mit dem Flammenschwert dreinfährt.«

»Wer redet von Geschäften? Aber es geht um ziemlich viel Geld.«

»Sie wollen investieren?«

»In meine Zukunft, ja.«

»Zukunft? Die ist für mich von gestern. Im kostbarsten Sinne des Wortes. Aber davon einmal abgesehen. Wenn Sie über den juristischen Aspekt hinaus einmal Rat und Hilfe brauchen sollten: Ich bin nicht nur ein alter Spinner, sondern auch ein alter Fuchs.«

»Hübsche Kombination. Und danke fürs Angebot. Was ich Sie fragen wollte, weil ich mir den Kammerhof angeschaut habe: Wer war dieser Chlumezky, nach dem der Platz benannt ist?«

»Früher hat er Hofplatz geheißen, war irgendwie würdiger. Und viele Ausseer nennen ihn ebenso einfach wie respektlos Oberer Markt. Johann Freiherr von Chlumezky war Ackerbauminister, Handelsminister, Präsident des Abgeordnetenhauses und Gründer der Hochschule für Bodenkultur. Vor allem aber war er so etwas, wie ich es heute bin: Gönner und Wohltäter hierzulande. Ausseer ist trotzdem keiner aus ihm geworden. Aber er hat etwas bekommen, um das ich ihn glühend beneide: ein Mausoleum in St. Leonhard. Schöner wohnen nach dem Tode. Gebein, was willst du mehr?«

»So ein rundes Gebäude am Waldrand, nicht wahr? Das ist mir schon als Kind aufgefallen. Wir haben ja da oben gewohnt. Und Sie, Herr Schiller? Heute wieder einmal Tennis mit den Muthspiel-Gespenstern?«

»Wie kommen Sie jetzt darauf?«

»Na ja, Ihre Vorliebe für Jenseitiges …«

»… ist breit gestreut, mein Guter. Ich weiß noch nicht, wohin der Wind mich weht.« Er legte eine Hand auf Annas Unterarm. »Oder ich bleibe einfach hier, für die nächsten zwei, drei Ewigkeiten.«

Anna stand auf. »Wird aber einsam werden. Ich muß in den Ort. Der Vater hat das Auto. Nimmst mich mit, Daniel?«

»Der Schiller pickt ärger als ein Wundpflaster. Aber das Frühstück hat sein müssen. Sonst wär er ungut geworden. Kann er nämlich auch.«

»Du bist also geflüchtet, Anna?«

»Ja. Und wenn er sich jetzt ärgert, dann über dich.«

»Ich werd's aushalten.«

»Danke. Laß mich einfach irgendwo aussteigen. Oder gehen wir noch schnell einen gscheiten Kaffee trinken? Wann kommt denn der Zug?«

»Elf Uhr zweiunddreißig. Wir haben Zeit.«

»Dann gehen wir zum Rubenbauer in die Ischler Straße. Da kommt der Schiller nicht hin, ich weiß nicht, warum, aber es ist so.«

Auch diese Konditorei kannte Käfer von früher. Damals war der Name allerdings ein anderer gewesen, und ein ältliches Fräulein hatte Süßwaren angeboten, die mitunter auch nicht mehr ganz neu waren.

»Bestell schon einmal, Daniel. Ich muß noch schnell mit denen da drüben reden.«

Anna wandte sich einer Gruppe von jungen Leuten zu, ließ Käfer aber nicht lange warten.

»Da bin ich schon. Die sind vom AKKU.«

»AKKU?«

»Ausseer Kulturkreis.«

»Und das u?«

»Heißt ›und so weiter‹. Außerdem klingt AKKU energiegeladen. Wir veranstalten den Ausseer Kultursommer mit. Tolle Sache, wirklich, könnte dich auch interessieren.«

»Und deine Aufgabe?«

»Ich schau aufs Geld. Liegt mir irgendwie.«

»Glaube ich aufs Wort.« Käfer blinzelte ins Sonnenlicht. »So was von Sommer!«

»Das wird anders. Regen kommt, spätestens heute nacht.«

»Und woraus schließt das die versierte Wetterhexe? Soviel ich sehe, trübt kein Wölkchen den Himmel. Aber vielleicht bläut das Blau eine verräterische Nuance anders?«

»Unsinn. Ich hab Radio gehört.«

»Ernüchternd. Aber das stimmt mich wenigstens auf die Gemütsart meines Bruders ein.«

»Heinz, alter Stockfisch!«

»Daniel, kleiner Bruder!«

»Warum zum Teufel trägst du einen Anzug bei dieser Hitze?«

»Die Macht der Gewohnheit. Den äußeren Umständen trage ich mit der Auswahl der Krawatte Rechnung.«

»Tatsächlich. Exzessive Farbigkeit, verwegenes Muster, modisch hochaktuell. Sag, hast du dieses rotbraune Monstrum noch vom Vater?«

»Wer weiß? Könnte sein. Was nun?«

»Ich bringe dich schnell einmal ins Quartier, und dann sehen wir weiter.«

Der Anwalt betrachtete das Auto seines Bruders.

»Hast du ›schnell‹ gesagt? Erstaunlich, daß du damit überhaupt bis nach Aussee gekommen bist. Nun ja, wir haben es nicht eilig.«

Er stellte ein amtlich wirkendes Köfferchen auf den Rücksitz und stieg ein. Daniel Käfer startete, fuhr los und warf einen Seitenblick auf Heinz, der den Kopf gesenkt hielt und konzentriert auf seine Hände schaute.

»Kannst du denn nie aufhören zu arbeiten?«

»Doch, Daniel, wenn es die Umstände gestatten. Und sie gestatten es in letzter Zeit immer seltener. Aber das sollte nicht unser Thema sein. Das Wichtigste vorerst: Gibt es zu der von deinem vorgeblichen Freund Bernd Rösler mündlich versprochenen Abfertigungssumme etwas Schriftliches?«

»Er hat in meiner Gegenwart eine entsprechende Aktennotiz diktiert.«

»Brauchbar, immerhin. Meine erste Überprüfung hat ergeben, daß man dir nunmehr eine Summe anbietet, die exakt dem gesetzlich vorgeschriebenen Mindestmaß entspricht, oder nicht einmal diesem. Wir müssen deine Berufsjahre im Konzern Punkt für Punkt und Jahr für Jahr durchgehen, damit ich unsere Position klar erkenne – jetzt einmal abgesehen von dieser Aktennotiz. Macht leider Arbeit, kleiner Bruder.«

»Und muß wohl sein. Wann willst du morgen zurück?«

»Vierzehn Uhr zwölf. Bahnsteig eins.«

»Dann habe ich einen Vorschlag, Heinz: Der Sonntag wird regnerisch sein. Nehmen wir uns also morgen den ganzen Vormittag Zeit für deine rechtsfreundlichen Umtriebe. Und heute nützen wir noch das schöne Wetter aus.«

»Im Detail?«

»Mittagessen im ›Veit‹ in Gößl, Baden im Grundlsee, geselliger Abend.«

»Einspruch. Die Seen hier sind eiskalt. Das halte ich nicht aus.«

»Aber geh. Der Grundlsee hat zweiundzwanzig Grad. Und in Gößl sind's garantiert vierundzwanzig, weil dort der Strand flacher abfällt.«

»So? Da hinten waren wir nie. Immer nur im Strandbad, und auch da ist es eher um die Mädchen gegangen als ums Baden. Wirst du meine Witwe betreuen, wenn mich der Herztod hinwegrafft?«

»Das ist viel verlangt.«

»Ich weiß.«

»Schottseiling mit Sauerkraut! Was immer das ist, es wird bestellt!«

»Gut, Daniel. Ich schließe mich an. Du trägst die Verantwortung.«

Der ›Veit‹ war ein Wirtshaus im besten Sinne des Wortes, und Gößl war für Daniel schon immer ein besonders liebenswertes Dorf gewesen: hölzerne Bauernhäuser, Stadeln und Ställe, von Obstgärten, Wiesen und Äckern umgeben, eine sehr kleine Kirche.

Der Schottseiling überraschte als in Schmalz gebackene Nocken. Stundenlang müsse der Teig aus Sauerrahm und Mehl gerührt werden, erläuterte die Serviererin.

Käfer & Käfer zeigten sich beeindruckt und wagten es nicht, auch nur den kleinsten Rest übrigzulassen.

Heinz leerte sein Bierglas. »Der Toplitzsee ist doch hier in der Nähe. Einmal zu Fuß hin und zurück, zwecks Verdauung?«

»Du drückst dich vor dem Schwimmen, nicht wahr?«

»Keineswegs. Aber das ist doch ungesund, mit vollem Magen.«

»Akzeptiert. Gehen wir.«

Die Kleidung des Anwalts lag penibel gefaltet auf dem Rücksitz. Heinz stakste betulich über den Kiesstrand, tauchte eine Zehe ins Wasser, murmelte Unverständliches und benetzte dann vorsichtig Arme und Brust. Sein Bruder lief rascher, als er es ohne Zuschauer getan hätte, ans Ufer, watete fröhlich in tieferes Wasser und tauchte mit dem ganzen Körper ein.

»Na, edler Greis? Wird's bald?«

»Speed Kills. Heutzutage muß es ja Englisch sein.«

Heinz stand nun immerhin bis zum Bauch im See. Dann kniete er nieder und ließ sich mit abwehrend ausgestreckten Armen vornüber ins Wasser gleiten.

Daniel übte Rückenschwimmen.

»Was hast du? Ist doch halb so schlimm.«

»Erstaunlich, welche Torturen der Mensch freiwillig auf sich nimmt.«

»Nicht wahr? Mir nach, großer Bruder!«

Daniel Käfer schwamm ein Stück hinaus und bog dann nach rechts ab. Er wußte, warum, und ließ sich nichts anmerken, als er am Ziel war.

Heinz Käfer zog mit abgezirkelten Schwimmbewegungen seine Bahn und schien durchaus Vergnügen daran zu finden. Doch als er in die Nähe seines Bruders kam, stockte sein Vorwärtsstreben plötzlich. Er stieß einen Schrei aus, der nach urtümlicher Wildheit und Verzweiflung klang, und machte in panischer Hast kehrt. Daniel Käfer folgte ihm.

»An dieser Stelle fließt der Zimitzbach in den See. Hat vierzehn Grad, wenn's hochkommt.«

»Ein fünfundsiebziger, klarer Fall.«

»Du sprichst von einem Paragraphen?«

»Mord.«

»Einspruch, Euer Ehren. Das Opfer lebt.«

»Das sagst du.«

## 13

Einige Stunden später saßen die beiden nebeneinander am Ufer und schauten sinnend über das Wasser. Heinz Käfers Haut war trotz Sonnencreme krebsrot. Er grinste.

»Du, Daniel, danke!«

»Für den Mord?«

»Auch dafür. Es ist viele Jahre her, daß ich einen solchen Nachmittag verbringen durfte. Es ist unglaublich. Gehen wir noch einmal ins Wasser hinein?«

Als sie dann wieder im Auto saßen, hatte Heinz auf Sakko und Krawatte verzichtet. Der Hemdkragen stand offen.

»Macht Spaß, dein Auto. Weißt du, daß ich noch immer keinen Hunger habe? Ich glaube, wir können das Abendessen streichen.«

»Einverstanden. Was sagst du dazu: Wir versuchen, eine anständige Flasche Rotwein zu kaufen, und machen es uns im Bauernhof gemütlich.«

»Klingt gut. Ich hätte allerdings einen Ergänzungsantrag.«

»Er lautet?«

»Zwei Flaschen.«

Die beiden waren fündig geworden: Mit einem Blauburgunder vom Sattlerhof in Gamlitz war der Abend so gut wie gerettet. Vorsichtshalber hatten sie auch noch Schinkenspeck und Weißbrot gekauft.

Daniel Käfer stand in seinem Zimmer und machte eine ausholende Gebärde. »Willkommen zu Hause!«

Sein Bruder schaute neugierig umher. »Ah, deinen sogenannten Talisman hast du auch mitgebracht.«

»Natürlich. Und bis heute weiß ich nicht, wen er darstellt und wie unsere Großmutter dazu gekommen ist, die väterlicherseits, meine ich.«

»Ja, es ist irgendwie merkwürdig. Sie war aus sehr einfachen Verhältnissen, nie begütert. Flickschneiderin, soviel ich weiß, von ihrem Mann früh im Stich gelassen.«

»Davon ist zu Hause aber nie geredet worden.«

»Nein. Schon gar nicht zu deiner Zeit. Als unser Vater noch jünger war, hat er dann und wann Andeutungen gemacht. Sehr zum Mißfallen der Mutter übrigens.«

Daniel Käfer war ans offene Fenster getreten. »Gestern abend bin ich mit Sabine Kremser hier gesessen.«

»Schon eine, die man mögen kann, nicht wahr?«

»Eine, die man mögen muß, mein lieber Heinz.«

»Wie soll ich das verstehen?«

»Sie ist die ideale Frau, ohne Fehl und Tadel. Und ein umwerfendes Biest, so zwischendurch.«

»Ihr seid also glücklich?«

»Gestern waren wir es.«

»Und sonst?«

»Wir sind sehr verschieden. Jeder lebt in seiner eigenen Welt. Aber wir suchen einander in unseren Verstecken auf.«

»Klingt kompliziert.«

»Halb so schlimm.«

Daniel Käfer füllte zwei Wassergläser mit Wein. Frau Schlömmer hatte vergeblich versucht, ihm grellfarbene Kelche aus Murano aufzudrängen, eine Altlast ihrer Hochzeitsreise. »Um Himmels willen, nein!« hatte er gesagt. Zu zerbrechlich sei so etwas Kostbares.

Die Brüder tranken, nickten einander zufrieden zu und hingen ihren Gedanken nach.

»Neulich war ich bei den Hürsch-Villen, Heinz. Ich glaube sogar den runden Turm gesehen zu haben, das Klassenzimmer, die Tafel, du weißt.«

»Du lieber Himmel, Praunfalk. Eine theatralische Gegend. Und viel zu altmodisch für einen jungen Menschen. Aber damals war mir alles recht, solange die Entfernung zu den Eltern groß genug war.«

»Wohl hauptsächlich zum Vater, wie?«

»Du irrst, kleiner Bruder. Eines war für die Welt unserer Eltern immer typisch: Sie wurde inszeniert, war nie echt. Aber zu deiner Zeit hat man schon ein anderes Stück gegeben. Der erfolgreiche, rechtschaffene Vater ist seinen Söhnen Mahnung und Vorbild. Die gütige Mutter und kultivierte Gattin schaut dankbar zu ihm auf.«

»Und vorher, Heinz?«

»Ich sollte vorausschicken, daß unser Vater alles

andere als eine glänzende Partie war, als er von seiner künftigen Frau auserwählt wurde. Seine Mutter hat ihn offenbar sehr geliebt und sich die Schulausbildung im bittersten Sinn des Wortes vom Munde abgespart. Nach der mit knapper Not bestandenen Reifeprüfung mußte sie ihn aber ins Leben entlassen. Wie er damals über die Runden gekommen ist, weiß ich nicht. Nur ab und zu, wenn es Streit zwischen den Eltern gab, sind Andeutungen gefallen, wie: Würdest du bitte die Güte haben, deinen Nachtportier-Wortschatz ein für allemal zu vergessen?«

»Unglaublich. Und warum hat sie ihn überhaupt gewollt?«

»Ein weiblicher Professor Higgins vielleicht, der eine männliche Eliza Dolittle ins Visier genommen hat? Das begehrliche Spiel von Macht und Unterwerfung, getarnt als soziale Huld? Oder unser Vater war damals ein unwiderstehlicher Filou, der ideale Zeitvertreib. Ich kann es dir nicht wirklich sagen. Ich weiß nur aus weiteren Auseinandersetzungen, die ich als heimlicher Lauscher zu Ohren bekam, wie das Spiel weiterging. Vaters Braut und Retterin war die gelangweilte und bestimmt auch langweilige Tochter wohlhabender und einflußreicher Eltern. Mit ihnen gemeinsam hat sie Vater zu dem gemacht, den du gekannt hast. Zu einem mittleren Beamten, ausgestattet mit seinem unbeugsamen Ordnungssinn und dem unerträglichen Standesdünkel. Seine Mutter wurde ins Haus geholt, um auch sie auf eine gefällige soziale Position zu heben.«

»Aber Vater war doch Herr im Haus?«

»Das war die ihm später zugeteilte Rolle. Einen Satz unserer Mutter habe ich heute noch im Ohr: Wenigstens deine Söhne sollen im heilsamen und lehrreichen Irrglauben aufwachsen, daß ihr Vater ein Mann von Stand, Ehre und Prinzipien ist, mit Vorfahren, deren er sich nicht zu schämen braucht.«

»Das ändert alles. Unser Vater hat also nur in Wort und Tat die Vorstellungen seiner Frau uns gegenüber exekutiert?«

»Und ihre demütig vorgebrachten Unterstreichungen, Daniel, teilten ihm nur mit, daß er die ihm aufgetragenen Pflichten einigermaßen anständig erfüllt habe.«

Daniel Käfer schaute ins Leere und schwieg lange.

»Eltern sind aber doch Eltern«, sagte er dann, »und dem Ende zu sind sie ja fast schon herzlich miteinander umgegangen.«

»Ja, damals war ich auch wieder öfter zu Hause. Muß man erst alt werden, um auf eine Lebenslüge verzichten zu können, Daniel?«

»Gute Frage. Aber etwas anderes. Ich habe hier im Ausseerland eine merkwürdige Entdeckung gemacht. Ein Stein am Flußufer, mit der Inschrift ›M. Käfer‹.«

»Was du nicht sagst! ›M. Käfer‹? Damit kann ich leider nichts anfangen.«

»Eine alte Frau hat mir erzählt, diese M. Käfer sei Dienstbotin gewesen. Nicht von hier.«

»Und in deinem romantischen Gemüt formt sich die Geschichte einer Vorfahrin. Hab ich recht?«

»Was weiß ich. Aber neugierig wird man ja noch sein dürfen.«

»Freilich. Wenn du willst, setze ich in Graz meinen Ferialpraktikanten auf die Fährte. Ich habe bislang noch nicht den Hauch einer Begabung an ihm entdeckt. Aber vielleicht taugt er zur Ahnenforschung?«

»Hörst du was, Heinz?«

»Ja. Es regnet. Es klingt nicht nur nach Regen, es riecht auch nach Regen. Die Nacht ist angefüllt mit Regen.«

»Toll. Hätte ich nicht schöner sagen können.«

»Das will was heißen, meinst du? Weißt du, daß ich früher Gedichte geschrieben habe? Erbärmlich schlechte allerdings.«

»Und heute steckst du in einem Käfig aus Akten, Paragraphen und betulicher Häuslichkeit.«

»Ja. Aber du solltest den Käfig nicht unterschätzen. Die Juristerei kann auch ganz schön aufregend sein und Häuslichkeit recht erholsam. Wie soll es mit dir weitergehen? Beruflich, meine ich?«

»Keine Ahnung.«

»Immerhin besser als eine verkrampfte Fixierung.«

»Bruder, du sprichst mir aus der Seele!«

»War nicht meine Absicht. Ich will dich auch nicht darin bestärken, dich treiben zu lassen. Na ja. Bis morgen früh, Daniel.«

»Gute Nacht, Heinz.«

Tags darauf regnete es noch immer. Der Dachstein war nicht zu sehen, die näheren Gipfel hatten verwischte Konturen, ein grauer Schleier lag über der Landschaft. Daniel Käfer hantierte unter der geöffneten Motorhaube seines Autos, Heinz schützte ihn mit einem Regenschirm.

»Dauert es noch lange, Daniel?«

»Kann ich nicht sagen. Zwanzig Minuten vielleicht. Ich muß alle elektrischen Kontakte trockenlegen. Dann dürfen wir hoffen, daß der Motor anspringt.«

»Und du hast nie daran gedacht, dir ein Auto zu kaufen, das diese Bezeichnung verdient?«

»Nein. Was soll ich damit? Die Ente ist ein liebgewonnenes Spielzeug. Da, schau einmal her. Siehst du das Hebelchen am Vergaser?«

»Ja. Was ist damit?«

»Damit kannst du dir Benzin holen, zum Beispiel fürs Feuerzeug.«

»Brotlose Künste.«

»Kunst, die sich rechnet, taugt nichts.«

»Wie du meinst. Aber wir müssen weiter. Es gibt zu tun.«

»Also meinetwegen. Ich versuch's.«

»Was ist jetzt mit dem Regen, Herr Wirt, verzieht er sich, oder bleibt er uns erhalten?«

Max Hopfer brachte Kaffee.

»Im Radio sagen sie, daß es morgen wieder schön ist. Aber bei uns geht das nicht so schnell. Wenn die Wolken erst einmal so richtig im Tal hängen... Na, Dienstag vielleicht. Aber Ihr Bruder fährt ja heute schon wieder.«

»Ja. leider. Und vorher müssen wir noch eine Krisensitzung abhalten. Wo können wir denn ungestört reden?«

»Drüben, im Fernsehzimmer.«

»Heinz, es reicht. Mehr ist aus mir nicht herauszuholen.«

Nach gut drei Stunden konzentrierter Arbeit

reagierte Daniel Käfer auf die Fragen seines Bruders nur noch gereizt oder lustlos.

»Wie du meinst.«

Der Anwalt blätterte in seinen Notizen.

»Ich denke schon, daß wir nicht ganz waffenlos ins Feld ziehen müssen. Entschuldige bitte meine martialische Ausdrucksweise. Ich halte dich auf dem laufenden. Auch, was die Ahnenforschung betrifft.«

»O ja, danke!«

»Und dann läßt dir meine Frau noch sagen, daß du mir die Schmutzwäsche mitgeben kannst. Männer sind ja so hilflos, hat sie gemeint.«

»Frau Schlömmer wäscht für mich.«

»So weit ist es also schon mit euch?«

»Frauen tun viel für unsereinen, Heinz. Aber meist nicht das, was ich gerne hätte.«

»Künstlerpech. Gehen wir zur Gaststube hinüber, eine Kleinigkeit essen?«

»Gehen wir.«

Im Laufe des Vormittags hatte sich die Stammtischrunde vollzählig eingefunden. Zu seiner Überraschung sah Käfer Eustach Schiller unter den Männern sitzen. Er war offensichtlich schwer betrunken und schien zu schlafen. Das Kinn war auf die Brust gesunken.

Käfer ging zur Schank, wo der Wirt Biergläser füllte. »Was ist denn das?«

»Sein Problem.«

## 14

»Nach diesem anstrengenden Vormittag lasse ich dich ganz gerne ziehen, großer Bruder.«

»Noch so eine Bemerkung, und du bekommst eine Honorarnote.« Die beiden schauten einem Güterzug nach, der sich langsam Richtung Ennstal in Bewegung setzte.

»Ich möchte nur zu gerne wissen, was dieser Schiller am Stammtisch zu suchen hatte und wie er in so einen peinlichen Zustand geraten konnte.«

»Schiller, sagst du? Gar Eustach Schiller?«

»Ja, genau der. Kennst du ihn?«

»Nicht persönlich. Aber er gilt als einer der wichtigsten Sammler von Werken der Donauschule. Und er hat als Geschäftsmann einen eher zwiespältigen Ruf.«

»Inwiefern?«

»Generös und habgierig. Unberechenbar jedenfalls.«

»In welcher Branche?«

»Immobilien. In jüngeren Jahren hat er gewagt

und sehr erfolgreich spekuliert. Jetzt scheint er mehr darauf aus zu sein, wertbeständiges Eigentum anzuhäufen. – Mein Zug kommt, Daniel.«

Käfer schaute zur Bahnhofsuhr hinauf. »Pünktlich auch noch. Was ist denn da passiert? Vielen Dank für alles, Heinz.«

Als der letzte Waggon hinter der Kurve zum Ennstal hin verschwunden war, blieb Käfer noch lange auf der Holzbank vor den Geleisen sitzen und schaute in den Regen hinaus. An diesem Wochenende hatte er sich seinem Bruder näher gewußt als jemals zuvor. Der Streit um die Abfertigung war dabei belanglos.

Vaters Mutter war also eine Flickschneiderin gewesen... Käfers Erinnerungen an sie waren bescheiden: eine kleine, dünne Frau, schwarz gekleidet, mit verwirrend leeren grauen Augen. Aber der kleine Daniel war gerne zu ihr gekommen, weil sie spannende Geschichten erzählen konnte und aufmerksam zuhörte. Viel wichtiger waren aber ihr erstaunlicher Einfallsreichtum und ihre Geschicklichkeit, wenn es darum ging, Probleme zu meistern. Sie reparierte zum Beispiel seine Schultasche, die er bei einer Rauferei beschädigt hatte, unauffällig mit einem Stück Blumendraht. Einmal fälschte sie sogar das Zeugnis für ihn und schrieb vor die

Betragensnote »gut« ein perfekt passendes »sehr«. Ihre erstaunlichste Leistung war aber der Umgang mit Daniels defekter Fahrradpumpe gewesen: Sie machte die steif gewordene Ledermanschette des Kolbens einfach mit Handcreme geschmeidig. Eine uralte Frau mit diesen technischen Fertigkeiten verdiente kindliche Hochachtung.

Die Wohnung der Eltern hatte Daniel als recht düster empfunden, schwere Vorhänge, reich gemusterte Tapeten, altdeutsche Möbel. Großmutters Zimmer war hell ausgemalt und bescheiden eingerichtet. Und immer hatte es nach Milchkaffee gerochen und nach einer Salbe, die sie für ihre schmerzenden Gelenke brauchte.

Großmutter war gestorben, als er noch in die Volksschule ging. Ihr Zimmer wurde dann als Abstellraum genutzt. Der kleine Daniel schlief nach wie vor auf der Bettbank im Wohnzimmer. Nach dem Aufwachen beobachtete er immer seinen Vater, wie er im dezent gestreiften Pyjama Morgengymnastik machte, mehr Hampelmann als Athlet.

Seine mütterliche Großmutter hatte der kleine Daniel nur bei ihren gelegentlichen Besuchen kennengelernt. Es war immer sehr förmlich dabei zugegangen, beinahe zeremoniell: ein mehrgängiges Mittagessen mit der ganzen Familie. Meist herrschte feierliches Schweigen. Nach dem Dessert blickte die alte Frau dann majestätisch in die Runde und ließ ein knappes »Nun, meine Lieben?« hören. Vater erstattete Bericht, Großmutter nickte und begab sich mit ihrer Tochter für ein Gespräch unter vier Augen in die Küche.

Daniel Käfer schüttelte verweisend den Kopf. Er war nicht hierhergekommen, um Erinnerungen nachzuhängen, sondern um seine Zukunft neu zu ordnen. »Aber doch nicht an einem Sonntag!« fügte er widerspenstig hinzu und machte sich auf den Weg zum ›Ech‹, weil ihn Schillers weiteres Schicksal interessierte.

Die Gaststube war leer, nur der Wirt saß auf seinem gewohnten Platz und las Zeitung. Er blickte kurz auf, als Käfer eintrat, und wies mit der Hand auf den Sessel neben sich.

Dann las er schweigend weiter. Nach der letzten Seite stand er auf, ging zur Schank und kam mit zwei gefüllten Schnapsgläsern zurück.

»Auch wieder da?«

»Auch wieder da.«

Der Wirt hob sein Glas. »Sagen wir du, wenn's schon meine Kinder so halten.«

»Nichts lieber als das.«

Beide tranken. Käfer erkannte den Apfelschnaps seiner Quartiergeberin wieder.

»Eine Tüchtige, nicht wahr?«

»Wer?«

»Die Frau Schlömmer.«

»Sag ihr das ja nicht, sonst glaubt sie es noch selber.«

»Was war denn mit dem Herrn Schiller los heute?«

»Einen Mordstrumm-Rausch hat er gehabt, das heißt, er hat ihn noch immer.«

»War ja nicht zu übersehen. Und wie ist er in die Stammtischrunde gekommen?«

»Angegeben hat er mit seiner sogenannten Bildung. Ist er halt eingeladen worden, herzlich. Und wenn die einmal freundlich tun bei einem Fremden, wird's gefährlich.«

»Wo ist er denn jetzt, der Bedauernswerte?«

»Möchte ich gar nicht wissen.«

»Und wenn ihm was zustößt, was Ernstes, mein ich?«

Der Wirt hob die Schultern und schaute in den Regen hinaus.

»War er zu Fuß da?«

»Er hat gar kein Auto.«

»Ist er mit dem Taxi gefahren?«

»Abgeschleppt haben sie ihn.«

»Wer?«

»Wer schon, die vom Stammtisch.«

»Ich geh ihn suchen.«
»Spinnst?«

Käfer überlegte. Was machte eine boshafte Männerrunde mit ihrem Opfer? Er kannte sich natürlich mit hiesigen Gepflogenheiten nicht aus. Aber was war, wenn sie ihn irgendwo auf halbem Wege seinem Schicksal überlassen hatten? Schwabenwald? Schindergraben? Nein. Es genügte nicht, einen vorlauten Fremden persönlich in Bedrängnis zu bringen. Die Schmach brauchte Publikum. Andererseits wollten die Missetäter unbeobachtet agieren. Und die Sache sollte rasch über die Bühne gehen. Schließlich war Sonntag. Das bedeutete doch sicher auch pünktliches Mittagessen und Familienleben. Wo gab es also in der Nähe einen Platz, der sich für eine perfide Inszenierung anbot? Käfer startete sein Auto, durchsuchte ziellos die Umgebung des ›Ech‹, näherte sich dem Ortszentrum, machte kehrt und fand sich auf dem vertrauten Weg nach Sarstein wieder. Die ›Wasnerin‹! Das Hotel stand im dichten Regen vor ihm wie eine Filmkulisse. Und da gab es eine kleine Terrasse. Ein Sonnenschirm war aufgespannt. Käfer stieg aus und ging näher. Dann sah er den reglosen Eustach Schiller, eine Sonnenbrille vor den Augen und ein gefülltes Glas vor sich.

»Herr Schiller, aufwachen!«

Schiller bewegte sich tatsächlich. Er hob den rechten Arm, schob die nasse Sonnenbrille auf die Nasenspitze und lächelte verschwommen.

»Herr Käfer«, sagte er dann kaum verständlich, »Sie sehen in mir das Opfer widriger Umstände.«

»Ich bringe Sie in die ›Traube‹.«

»Danke, sehr freundlich.«

»Der Sintflut entronnen!« Eustach Schiller ließ sich triefend naß auf sein Bett fallen und schloß die Augen.

Käfer wollte schon das Zimmer verlassen, als er seinen Namen hörte.

»Herr Käfer! Eine Frage noch!«

»Ja, bitte?« Er wandte sich dem Bett zu. Schiller schaute ihm entgegen und hatte einen Ausdruck angestrengter Wachsamkeit im Gesicht.

»Wozu brauchen Sie einen Anwalt?«

»Privatsache.«

»Das stand zu befürchten.« Schiller drehte sich zur Seite und krümmte sich zum Embryo.

»Sonntag Ruhetag« war auf der Eingangstür zum Gasthaus ›Sonne‹ zu lesen, aber die Tür stand einen Spalt offen. Käfer trat ein und hörte leise Musik, die unverkennbar nach Beatles klang. Die akustische Spur führte ihn ins Extrazimmer, und dort stand sein Freund Toni hinter dem Keyboard und sang so gut wie akzentfrei *I wonna hold your hand*. Der Raum war mit Menschen überfüllt, durchwegs Einheimische, wie Käfer zu erkennen glaubte. Er versuchte sich nach vorn zu drängen, damit Toni ihn sehen konnte. Das geschah dann auch. Sein Freund unterbrach einfach, ließ das Instrument stehen, lief auf Käfer zu und versetzte ihm einen spielerischen Faustschlag.

»Freut mich, daß du da bist. Hast schon ein Bier? Nein? Wird sofort erledigt.«

Kaum hatte Käfer sein Glas in der Hand, stand Toni wieder am Keyboard und fand leichthin ins Spiel der anderen zurück. Käfer stand da, hörte zu und staunte. Alles hatte er an diesem Abend erwartet, nur keine Popmusik. Jetzt nahmen sie sich Chic Corea vor, *My Spanish Heart*.

Anschließend löste sich Toni aus der Gruppe und schob seinen Freund in eine ruhigere Ecke.

»Daniel, alter Blutsbruder, laß es dir erklären. Viele von uns haben ihre Wurzeln im anspruchsvollen Pop, obwohl die meisten inzwischen Jazzer geworden sind. Was nicht heißt, daß wir alle miteinander die traditionelle Volksmusik vergessen würden. Wir halten sie in Ehren, aber wir beten sie nicht an, absolut nichts ist uns heilig. Und heute läuft es halt wieder einmal eher in die schräge Richtung. Da, der Rye Cooder ist schon am Kippen. Bin gespannt, was aus dem noch wird. Beleidigt, wenn ich wieder mittu?«

»Aber geh.«

Käfer nahm einen großen Schluck Bier und nahm sich vor, den Abend zu genießen, wie auch immer.

Ein gutes Dutzend Musikanten war am Werk. Einmal fanden alle zueinander, dann gab es wieder Gruppen, die sich gegenseitig Synkopen zuwarfen oder abspenstig machten; solistische Ausreißer hoben ab und ließen sich entspannt ermattet in den Vielklang zurückgleiten.

Dann wurde es plötzlich dunkel und still im Raum.

»Verdammt, Stromausfall«, hörte Käfer eine Stimme neben sich. Kerzenflammen leuchteten auf. Er sah Toni den Raum verlassen.

»Wohin?«

»Zum Auto. Die steirischen Instrumente holen.«

Wenig später klang alles anders, heimisch, Steirer, Landler, Schleunige, von alt her vertraut, doch immer noch mit einem deutlichen Hang zu musikalischer Anarchie. Toni stand wieder neben Daniel.

»Fast noch besser, was? Und jetzt kommt ein Pasch.«

»Ein was?«

»Hör zu. Es wird angespielt. Sobald die Tonart wechselt, singt der Ansinger ein Gstanzl, dann wird gepascht, also auf eine bestimmte Art und Weise geklatscht. Nach ein paar Wiederholungen ruft dann der Ansinger Hüo oder hohl. Bei Hüo wird noch einmal so lang gepascht, bei hohl mit hohlen Händen und erst zum Abschluß noch einmal flach. Und anderswo im Salzkammergut ist alles wieder anders. Alles klar?«

»Nein.«

»Eh klar. Tu besser nicht mit, das geht garantiert daneben.«

Käfer trank mehr, als er trinken wollte, fühlte sich ratlos geborgen. Dann war Toni wieder da.

»Daniel! Wir müssen uns bald einmal unsere alten Spielplätze anschauen. Weißt du noch, wie wir in der Traun beim Kurpark mit unserem selbstgebauten Paddelboot abgesoffen sind? Kinder müßten wir wieder sein, was?«

Käfer schaute seinen Freund verwundert an. Er wirkte angeregt, aber nicht betrunken.

»Du sag einmal, Toni: Am Traunufer in der Nähe von der Scheichlmühle steht auf einem Stein der Name ›M. Käfer‹. Sagt dir das was?«

»Komisch. Aber den Stein kenn ich nicht. Weißt

was? Geh zu unserem *Alpenpost*-Redakteur. Was der Stadler Berz nicht weiß, ist schlecht erfunden. Außerdem geht sein Archiv über hundert Jahre weit zurück. Er sitzt im Kammerhof. Ganz oben im Turmzimmer. Schaut ihm ähnlich.«

»Danke, guter Tip. Und wie geht's heute abend weiter?«

»Keine Ahnung. Aber noch lang, sehr lang.«

## 15

Daniel Käfer wachte auf, war aber viel zu müde, um wirklich aufzuwachen. Er hielt die Augen geschlossen und ließ aus Träumen allmählich Gedanken werden.

Musik, viel Musik und viele Menschen, die ihre Freude daran hatten. Eigentlich war es mehr als Freude gewesen, ungenierte Lust am tönenden Miteinander und Durcheinander. Experiment, Demontage, Verirrung, Heimkehr. In dieser Nacht war Käfer kein Fremder gewesen, war mittendrin, gehörte dazu. Aber die Nacht war vorbei.

Der Stein am Traunufer ... Nahm er ihn nur deshalb wichtig, weil er viel Zeit hatte, zuviel Zeit? Und warum fehlte ihm Sabine auf einmal so sehr? Warum war er traurig gewesen, als Heinz abreiste?

Na klar, es gab keinen Beruf mehr, der ihn mit Ansehen, Abwechslung und Sinn versorgte. Da war nur noch der private Daniel Käfer, von dem er offenbar weniger wußte, als er früher geglaubt hatte zu wissen.

Noch vor ein paar Minuten hatte ihn die Müdigkeit eingehüllt wie ein Federbett. Jetzt war sie unbehaglich. Er spürte leichte Kopfschmerzen und einen faden Geschmack im Mund. Jemand klopfte an die Tür.

»Ja, was ist?«

Er hörte Frau Schlömmers Stimme. »Guten Morgen, Siebenschläfer, es ist fast Mittag.«

»Wie? Ach so. Danke, ich komm dann gleich hinunter.«

Es regnete nicht mehr, aber der Himmel war grau. Käfer schlenderte gemächlich vor sich hin und fühlte sich Schritt für Schritt besser. Das Auto hatte er nachts wohlweislich stehengelassen.

Im Ort angelangt, kaufte Käfer die neueste Ausgabe der *Alpenpost*, fand im Kurpark die ihm schon vertraute Bank an der Traun unbesetzt und fing an zu lesen. Er mochte Lokalzeitungen. Sie machten es leicht, in das soziale, wirtschaftliche und politische Kleinbiotop eines Lebensraumes einzutauchen. Vor allem aber waren die stilistischen Turnübungen der durch ein grausames Schicksal an die Provinz geketteten Redakteure immer wieder recht unterhaltsam.

Bei der *Alpenpost*, das erkannte Käfer schon nach kurzer Lektüre, lagen die Dinge aber anders. Die Zeitung war gut gemacht, klar und durchaus anspruchsvoll geschrieben, und es war auch ein durchgängiger Sinn für Humor und pointierte Bosheit zu spüren. Um so lieber machte sich Käfer auf den Weg zum Kammerhof.

»Redaktionsbüro? So kann man auch dazu sagen.« Die junge Frau im Heimatmuseum lachte. »Also, Herr ...«

»Käfer.«

»... kommen Sie einmal mit mir, einen Halbstock höher.«

Sie ging auf eine offenstehende Eisentür zu.

»Ich muß zurück ins Museum. Sie gehen durch diese Tür da, die schmale Treppe hinauf bis zum Dachboden. Dort sehen Sie rechter Hand noch eine Treppe, und die führt in die Turmkammer. Da sitzt er meistens.«

»Wer?«

»Der Herr Chefredakteur.«

Der Dachboden des Kammerhofes war ein beeindruckender Raum. Gewaltig groß, fast leer, das uralte Gebälk voller Spinnweben, Staub und Taubenkot. Käfer fand die Treppe zur Turmstube, ging die wenigen Stufen hinauf, klopfte kurz, trat ein und staunte. Er fand sich in einem Gemälde wieder und brauchte gar nicht erst nachzudenken, um zu wissen, in welchem. Das Bett mit dem Regenschirm unter dem Dach, Stapel von Büchern auf dem Boden, ein Ofen, ein Tisch. Ganz ohne Zweifel: Carl Spitzweg, »Der arme Poet«. Nur der Computer paßte nicht ins Bild. Der Chefredakteur hingegen entsprach schon wieder recht gut biedermeierlichem Stilempfinden: ein kleiner hagerer Mann mit grauem Bart und hellwachen Augen hinter runden Brillengläsern.

»Daß Sie zu mir heraufgefunden haben, Herr Käfer, Respekt!«

»Sie kennen mich?«

»Alles andere wär eine Schande. Und den IQ kenn ich natürlich auch. Ewig schade um das Blatt.«

»Ja und nein, Herr Kollege. In letzter Zeit haben uns die Konzernherren das Leben ziemlich schwer gemacht. Aber jetzt will ich sofort wissen, wie Sie auf den Spitzweg gekommen sind.«

»Und auf dieses abartige Büro, nicht wahr? Also eines nach dem anderen. Ich sitz hier heroben, weil ich Ruhe brauch, bei der Arbeit. Mich stören die paar Stufen nicht, aber sie verhindern, daß alle paar Minuten irgendein lästiger Mensch in der Tür steht. Außerdem inspiriert so ein Raum.«

»Kann ich nachvollziehen. Und der Spitzweg?«

»Das Bild hat mir schon immer gefallen, und den Poeten hab ich eigentlich nie als arm empfunden, der hat es doch urgemütlich. Abgesehen vom Geld natürlich. Das ist übrigens auch bei mir immer knapp. So betrachtet, ist der arme Poet eine nicht zu übersehende Botschaft an die Eigentümer von meinem Weltblatt.«

»Und ist sie angekommen, die Botschaft?«

»Neulich hat mir der Herr Direktor einen Kaffee beim Lewan gezahlt.«

»Grandios. Mich schickt übrigens der Kalss Toni.«

»Ah, dann waren Sie gestern auch in der ›Sonne‹.« Stadler betrachtete seinen Besucher näher. »Ich seh es Ihnen an. Aspirin?«

»Nein, danke. Aber eine Frage hätte ich. Seit wann gibt es die *Alpenpost*?«

»Seit 1885. 1940 ist sie eingestellt worden, Sie können sich denken, warum. Seit 1976 erscheint die Zeitung wieder.«

»Und das Archiv?«

»Ist vollständig, wird unten im Museum aufbewahrt.«

»Dann können Sie mir vielleicht helfen.«

Käfer erzählte von seiner Entdeckung am Traunufer. Der Redakteur neigte nachdenklich den Kopf.

»Also davon hör ich heute das erste Mal. Würde mich selber interessieren, was da dahintersteckt. Ich bring Sie hinunter ins Archiv. Aber suchen müssen Sie selber. Der Redaktionsschluß steht vor der Tür.«

Daniel Käfer saß an einem großen Holztisch, auf dem sich gebundene Zeitungen stapelten. Seit Stunden blätterte und las er. Er vergaß dabei fast das Ziel seiner Suche. Die alte *Alpenpost* war eine wirklich erstaunliche Zeitung gewesen, auch damals schon recht eigenwillig. Das Feuilleton wagte sich sogar an gefährliche Themen wie »Regenwetter im Ausseerland«, und der aktuelle Teil bestach durch eine kühn anmutende, doch durchaus anregende Mischung: schwärmende Maikäfer in Versailles, eine Hochzeit im Kaiserhaus, ein Ausflug des Sängerbundes nach Obertressen, befremdlicher Viehtrieb im *Curorthe*, Sklaverei in Deutschland...

Widerwillig besann sich Käfer auf das Ziel seiner Suche und schlug den Band mit der Jahreszahl 1933 auf. Der Stil der Berichterstattung hatte sich offenbar gewandelt, war sachlicher geworden. Dennoch legte die *Alpenpost* auch in der konfliktträchtigen Ersten Republik Wert darauf, das Bild einer erholsamen und friedvollen Sommerfrische zu bewahren.

Dann wurde Daniel Käfer fündig. Aufgeregt las er eine Nachricht auf der Seite sieben der November-Ausgabe.

EIN TRAURIGES ENDE?

*Eine gerüchteweise verbreitete Nachricht macht im Ort die Runde. Sie wirft ein düsteres Schlaglicht auf eine Personengruppe, die nur selten öffentliches Interesse findet: Dienstboten, wie sie vor allem in unseren Villen beschäftigt werden. Meist sind sie mit ihrer Herrschaft nach Aussee gekommen und haben wenig Kontakt mit der Bevölkerung. Ihre Entlohnung ist karg, die Freizeit knapp bemessen. Eine der ihren, Maria Käfer mit Namen, war den Einheimischen vertrauter als andere. Im Alter sonderlich geworden, hielt sie sich – wohl mit Duldung ihrer gutmütigen Herrschaft – häufig im Ort auf. Ärmlich gekleidet, war sie dennoch auf das Merkwürdigste herausgeputzt. Sie wurde auch polizeilich abgemahnt, weil sie wildfremde Menschen auf der Straße ansprach und versuchte, ihnen wirre Geschichten zu erzählen. Seit einiger Zeit bleibt sie verschwunden. Spielende Kinder wollen ihre unverkennbare Gestalt am Traunufer nahe der*

*Scheichlmühle gesehen haben. Die letzte Herrschaft der K., Fräulein Wanda Hürsch, hat die Abwesenheit ihrer Dienstbotin in großer Sorge zur Anzeige gebracht. Alle Nachforschungen blieben bis zum heutigen Tage ohne Ergebnis.*

Die Hürsch-Villen! Daniel Käfer ging eilig in die Turmstube hinauf, um dem Redakteur zu berichten. Stadler war fasziniert.

»Was sagen Sie jetzt zu unserer *Alpenpost*, Herr Kollege?«

»Ich bin sprachlos.«

»Hört man gern. Wie geht es weiter?«

»In Praunfalk lebt ja noch eine Frau Hürsch.«

»Ja, soviel ich weiß.«

»Nichts Näheres?«

»Nein, leider. Die alten Familien in den Villen leben in einer eigenen Welt. Nicht in unserer, jedenfalls. Aber Sie können ja anklopfen.«

»Ich habe sogar schon mit ihr geredet. Aber ich bin sehr kühl verabschiedet worden.«

»Wundert mich nicht.«

»Ob ich's noch einmal versuche?«

»Viel Glück, Herr Kollege.«

Daniel Käfer durchquerte den Ort und ging auf Praunfalk zu, ohne seine Umgebung wahrzunehmen. Merkwürdige Geschichte, eine Spur zu merkwürdig, für sein Empfinden... Ihm war, als hätte er sich in ein längst gespieltes Spiel verirrt.

Und wenn schon. War doch ein hübscher Zeitvertreib und spannend noch dazu.

Da stand er auch schon vor dem alten Gebäude hinter den hohen Bäumen. Käfer sah eine Klingel neben der Tür, wollte aber nicht aufdringlich sein. Er ging langsam vor der Villa auf und ab, prägte sich Details ein, hielt aber stets einigen Abstand. Andererseits war er fest entschlossen, seine sanfte Belagerung fortzusetzen, bis sie irgendein Ergebnis brachte. Er mußte nicht allzulange warten. Diesmal wurde ein Fenster im Erdgeschoß geöffnet:

»Wäre es für Sie denkbar, mein Herr, daß ich mich durch ihre Insistierende Aufmerksamkeit bedrängt fühle?«

»Nicht nur. Ich möchte sogar unterstellen, daß ich unverschämt wirke.«

»Es möglicherweise auch sind?«

»Gäbe es da nicht gewisse Umstände...«

»... die mich interessieren sollten?«

»Was weiß ich. Offengestanden, ich bin ganz durcheinander, seit ich im Archiv der *Alpenpost* auf den Namen einer Dienstbotin gestoßen bin, der auch mein Name ist: Käfer. Und ihre letzte Herrschaft hat Wanda Hürsch geheißen.«

»Man hat mir erzählt, Wanda und die Mizzi, ja... Und was wollen Sie von mir?«

»Vielleicht ein wenig mehr erfahren?«

»Weil eine wohl zufällige Namensgleichheit Ihre Phantasie entzündet?« Frau Hürsch schüttelte stumm den Kopf, bevor sie das Fenster schloß.

## 16

»Da hast!« Der Wirt stellte eines seiner schwerverdaulichen Gerichte vor Käfer hin.

»Danke, Max. Stell dir vor, ich hab heute schon wieder mit dieser Frau Hürsch geredet.«

»Was habt ihr euch denn erzählt, ihr zwei?«

Käfer berichtete.

»Sehr viel gescheiter bist du aber nicht geworden.«

»Nein. Sie wird auch nicht viel wissen, glaub ich. So bedeutend waren Dienstboten ja nie. Aber ich würde trotzdem gern diese Frau besser kennenlernen. Scheint eine interessante Persönlichkeit zu sein. Und dann gäb ich natürlich viel dafür, die Villa einmal von innen zu sehen.«

»Die Anna war schon drin.«

»Was hör ich da?«

»Sie hat im vorigen Sommer mit einer Nichte der

Frau Hürsch öfter Tennis gespielt. Die war in den Ferien auf Besuch. Einmal ist die Anna zum Tee eingeladen worden.«

»Das könnte hilfreich sein. Na ja, ich seh sie morgen beim Frühstück.«

Käfer sah Licht in Frau Schlömmers Küche, öffnete die Tür, ohne anzuklopfen, und blieb zögernd stehen.

»Kommen Sie nur herein. Der da ist mein Mann.«

Ein schmales Gesicht mit Schnurrbart schaute Käfer stumm entgegen, auf dem Kopf saß ziemlich schräg ein Ausseerhut, schmalkrempig, die undefinierbare Farbe aus Grün, Braun und Grau gemischt. Frau Schlömmer hielt eine Erklärung für angebracht. »Den hat er immer auf. Höchstens einmal im Bett nicht.«

Sie stellte ein drittes Schnapsglas auf den Tisch und füllte es. »Zum Wohlsein, Herr Käfer. Morgen ist die Sonne wieder da.«

»Mir gefällt's auch so.«

Ein ungemütliches Schweigen machte sich breit. Nach einiger Zeit hatte Käfer genug davon. »Ja dann! Gute Nacht miteinander.«

Frau Schlömmers Mann hob das Kinn. »Der Zimmerherr?«

»Du merkst aber auch alles.«

»Wie ist er denn?«

»Öfter da als du.«

»Wie lang bleibt er?«

»Solange er mag.«

Der Mann nickte, saß dann noch ein paar Minuten nachdenklich da, stand auf und ging.

Frau Schlömmer stellte sein Schnapsglas in die Abwasch.

»Der ist immer so.«

»Du meine Güte! Im finsteren Wald möchte ich dem aber nicht begegnen.«

»Da wär er vielleicht gesprächiger.«

»Eben.«

Käfer stand am offenen Fenster und fotografierte. Was für ein Morgen! Die Luft war sehr klar, und die Berge schienen über Nacht näher gerückt zu sein. Die vom Regen aufgefrischten Farben leuchteten in der Sonne. Frau Schlömmer schaute auf dem Weg zum Hühnerstall zu Käfers Fenster hinauf und winkte. Er winkte zurück, und erst dann fiel ihm ein, daß ein nackter Mann mit Fotoapparat irritierend auf eine Bäuerin wirken konnte. Sei's drum. Sie war nicht schreckhaft.

»Herr Käfer! Telefon für Sie!«

Er hatte gerade das Haus verlassen wollen, als er Frau Schlömmers Stimme hörte. Heinz war am Apparat.

»Daniel, kleiner Bruder, es gibt Neuigkeiten!«

»Klingt bedrohlich aus dem Munde eines Anwalts.«

»Unsinn. Das Wichtigste zuerst: Ich habe an deine ehemaligen Arbeitgeber einen ausführlichen Brief geschrieben und ihn per Fax übermittelt.«

»Gespickt mit Fallen, Andeutungen und versteckten Drohungen.«

»Du tust mir unrecht. Ich versuche stets sachlich zu bleiben. Der Brief hat erstaunlich rasch gewirkt, Daniel. Ich bin angerufen worden. Die Herren sind immerhin gesprächsbereit. Soll ich das für dich übernehmen?«

»Ja, bitte! Du erwirbst dir unsterbliche Verdienste um mich.«

»Wie angenehm. Wenn es zu einem Kompromißangebot kommen sollte: Hast du konkrete Vorstellungen?«

»Nein.«

»Sieht dir ähnlich. Aber ich werde mein Möglichstes tun. Ja und noch was. Eine Maria Käfer hat es in unserer Familie wirklich gegeben, väterlicherseits. Geboren 1873 in Graz. Sterbedatum unbekannt. Eine Urgroßtante vermutlich. Jetzt glaube ich mich auch zu erinnern, daß in einem der Streitgespräche zwischen Mutter und Vater auch von der ›Ausseerin‹ die Rede war, Mizzi oder so. Vielleicht fällt mir dazu noch Genaueres ein. Was ist? Bist du dran?«

»Und wie ich dran bin, Heinz, und wie.«

Frau Schlömmer war neben Käfer stehengeblieben. »Können Sie Ihr Zimmer jetzt immer noch bezahlen?«

»Mehr denn je. Aber da ist etwas anderes. Ich bin, na wie soll ich das ausdrücken, ab sofort auf eine gewisse Weise auch ein Ausseer.«

»Noch einer mehr. Gehen Sie sich jetzt einen Hut kaufen?«

»Das vielleicht auch.«

»Anna, jetzt ist mir klar, wie es weitergeht.«

»Magst nicht doch lieber einen Tee?«

»Nein, endlich hab ich mich an den Kaffee vom ›Ech‹ gewöhnt, und jetzt bleibe ich dabei.«

»Selber schuld. Und wie geht's weiter?«

»Eines nach dem anderen, wie dein Vater zu sagen pflegt. Seit heute früh weiß ich so gut wie sicher, daß diese ominöse M. Käfer eine Urgroßtante von mir war.«

»Also doch!«

»Hast du was geahnt?«

»Ich? Nein. Aber du hast dich schon immer so komisch aufgeführt.«

»So? Hab ich? Egal. Eins steht für mich fest: Vor dem beruflichen Aufbruch zu neuen Ufern will ich wissen, wo mein privater Platz in der Welt ist.«

»Derzeit in der Gaststube vom ›Ech‹.«

»Ruhe, du prosaisches Geschöpf.«

»Sollt ich vorsichtshalber beleidigt sein?«

»Nein. Ich erzähl dir was. Darf ich?«

Anna antwortete mit einem angedeuteten Lächeln. Vielleicht schaute sie auch nur freundlich drein.

»Ich will's kurz machen. Bis vorgestern war ich der behütete Sohn betuchter Eltern mit einem dominanten Vater und einer duldsamen Mutter. Dann aber hat mir der Heinz das und jenes erzählt.«

»Und jetzt ist der Vater ein Kasperl, und die Mutter hat regiert.«

»Woher weißt du das?«

»Ist meistens so, sagt die Ur-Omi.«

»Und die hat immer recht, wie? Mir ist das alles nicht so wichtig. Aber die halbe Familiengeschichte hat jetzt ein ganz neues Gesicht. Der Vater ein mittelloser Student, seine Mutter Flickschneiderin, meine Urgroßtante Dienstbotin, der Rest wird auch so etwas in der Art gewesen sein.«

»Enttäuscht?«

»Ach wo. Erleichtert. Als Kind ist mir das nicht so aufgefallen. Aber dieser aufgeblasene Standesdünkel im Elternhaus hat uns allen miteinander viel Lebensfreude gestohlen.«

»Und auf die Mutter hast jetzt einen Zorn?«

»Aber nein. Sie hat aus dem Vater und aus uns etwas gemacht. Ohne sie hätte ich wahrscheinlich nie studieren können.«

»Dann ist jetzt ja alles klar.«

»Ist es nicht, Anna. Ich muß wissen, was mit dieser Urgroßtante los war.«

»Warum mußt du das wissen?«

»Es geht mich was an, mein ich.«

»Ja, vielleicht, irgendwie. Der Vater hat mir übrigens erzählt, daß du zur Frau Hürsch in die Villa willst. Ich werd anrufen. Und wenn sie ja sagt, die Frau Hürsch, komm ich mit.«

»Anna, dafür liebe ich dich.«

»Da schau her.«

Die Mizzi. Die Ausseerin. 1873 geboren... und in den Stein am Traunufer war 1933 eingeritzt. Zwischen diesen zwei Jahreszahlen lag ein Leben, von dem Daniel Käfer nichts wußte. Aber er kannte den historischen Hintergrund so einigermaßen: Spekulation und Börsenkrach, die neue Welt der

Maschinen, Friedhofsstille auf dem Lande und Arbeiterelend in den Städten. Eine sterbensmüde Monarchie, operettenhaft von der Wirklichkeit abgehoben.

In Bad Aussee war wohl wie in den anderen Kurorten für die bessere Gesellschaft der schöne Schein vorerst gewahrt: der leise, zwingende Rhythmus der Gesundung, Kurkapelle und Konversation, feine Konditoreien. Eine losgelöste, elegante Art von Langeweile insgesamt, in die dann die Schüsse von Sarajevo krachten. Blieb ein grotesker Rest Österreich, kaum lebensfähig, taumelnd zwischen genialem Höhenflug und unversöhnlicher Konfrontation.

Gut möglich, daß für die Gäste in Ischl und Aussee trotz allem oder gerade deshalb die alte Leichtigkeit bald wiederkehrte, als freundliche Ausnahme vom beunruhigenden Alltag.

Wieviel von dem hatte ein Mensch wie Mizzi bewußt wahrgenommen? Ob Monarchie oder Republik: Als Dienstbotin hatte sie immer »Herrschaften« gehabt.

Gedankenverloren legte Käfer den Weg in den Ort zurück. Er versuchte, sich Aussee in den frühen 30er Jahren vorzustellen. Dichter, Maler, Komponisten zuhauf, bürgerlich gewordener Adel und vom Geld geadelte Bürger, und alle in die sanfte Illusion eingesponnen, daß Haß und Gemeinheit in diesem Tal keine Macht hätten. Der ›Lewandofsky‹ war schon damals ein traditionsreiches Haus gewesen, für Leute wie die Mizzi wohl so unerreichbar wie ein ferner Planet.

»Daniel!« Käfer blieb stehen und wurde von seinem Freund Toni eingeholt.

»Hallo, du Teufelsgeiger!«

»War nicht schlecht, der Abend, was?«

»Abend ist gut. Hört so etwas bei euch immer erst am nächsten Morgen auf?«

»Je nachdem.«

»Verstehe. Danke übrigens für den Tip mit der *Alpenpost*. Aufregende Sache: Eine Vorfahrin von mir hat wirklich in Aussee gelebt.«

»Was du nicht sagst.«

»Das ändert natürlich alles. Ganz fremd bin ich jetzt nicht mehr.«

»Wenn du glaubst?«

»Ist doch so. Und jetzt möchte ich auch äußerlich besser hierher passen. Wo kauf ich denn am besten was Einheimisches zum Anziehen?«

»Damit du weniger fremd bist, meinst du?«

»Ja.«

»Da gehst du einmal zum Haselnus nach Altaussee. Der arbeitet auch nach Maß, aber bei deiner Figur könnt's von der Stange genauso passen. Also, du brauchst schwarze Hosen und eine anständige Pfoad.«

»Pfoad?«

»Ein Hemd. Dazu ein Leibl, einen Steirerrock und ein Seidenbindl.«

»Aha.«

»Und dann gehst zum Leithner in Aussee und kaufst dir einen Hut.«

»Vielleicht, der Frau Schlömmer zuliebe. Aber vor allem könnt mich so eine Lederhose reizen.«

»Ja, das ist ganz einfach. Da gehst zum Raich an der Altausseer Straße, gegen Praunfalk zu, redest dir mit ihm aus, was für eine du magst, und dann nimmst du dir halt ein paar Jahre Zeit. Er ist nicht der Geschwindeste. Schon gar nicht bei einem Ausländer.«

»Ich werd schon Dampf machen.«

»Dann wird er noch langsamer.«

»Und wenn du ein gutes Wort einlegst für mich?«

»Das werd ich schön bleibenlassen. Ich wart nämlich auch auf eine, schon lang. Und jetzt muß ich weiter.«

Käfer ertappte sich dabei, nicht nur auf seiner Lieblingsbank im Kurpark zu sitzen, sondern auch noch an der gewohnten Stelle, nämlich ziemlich weit rechts, einen Arm auf die Rückenlehne gelegt.

Du wirst alt, mein Guter, dachte er, alt und betulich, mit sorgsam eingeübten Gewohnheiten.

Aber morgen schon würde er unerschrocken in eine neue textile Existenz schlüpfen, den Kampf mit diesem unwilligen Lederhosenerzeuger aufnehmen und der Mizzi Käfer nachspüren, so gut es ging. Das verschaffte ihm doch wohl das Recht, für den Rest des Tages nichts zu tun, als der Traun zuzuhören und auf den Sonnenuntergang zu warten.

## 17

»Entschuldigen Sie, Frau Schlömmer, daß ich beim Kochen störe. Was riecht da übrigens so gut?«

»Abgeschmalzenes Sauerkraut. Die Leibspeise vom Hubert, wenn er schon einmal da ist.«

»Hubert? Ach so, Ihr Mann.«

»Allerdings. Wie schaun denn Sie auf einmal aus?«

»Einheimisch.«

»Oder so ähnlich.«

»Man tut, was man kann. Aber mit dem da komme ich einfach nicht zurecht.« Er hielt ihr ein Stück bunt bedruckter Seide entgegen.

»Ah, das Bindl. Na, dann kommen Sie her zu mir. Das werden wir gleich haben. Den Rock ausziehen, bitte.«

Sie legte das quadratische Tuch auf den Küchentisch, bog zwei Spitzen nach innen, formte eine Rolle, faltete sie und fädelte geschickt ein Gummiband ein. Dann schlug die Bäuerin Käfers Hemdkragen hoch und befestigte das Tuch an seinem Hals. Sie war kleiner als er und mußte sich auf die Zehenspitzen stellen. Käfer nahm sie hilfreich an den Oberarmen.

Da hörte er Hubert Schlömmers Stimme von der Tür her. »Ziehst ihn an, oder ziehst ihn aus?«

»An.«

Der Bauer kam näher und betrachtete die Situation eingehend. Er hob mit spitzen Fingern Käfers neuen Steirerrock auf, legte ihn achtlos beiseite, ging zum Herd, hob den Deckel vom großen Kochtopf, schnupperte und ließ den Deckel unvermutet fallen. Käfer erschrak, Hubert Schlömmer grinste und verließ die Küche.

Seine Frau hatte inzwischen ihr Werk vollendet und bog den Kragen hinunter. »So. Der schönste Mensch weit und breit! Haben Sie was Besonderes vor, heute?«

»Die Anna und ich sind von der Frau Hürsch zum Tee eingeladen – in ihre Villa.«

»Ja, das ist natürlich was anderes als meine Küche.«

»Sagen Sie das nicht, da bin ich gern.«

Daniel Käfer stand vor dem Badezimmerspiegel und fragte sich, wer ihm da entgegenschaute. Er fühlte sich ein wenig unbehaglich in seinen neuen Kleidern, aber auch auf eine fast schon feierliche Weise dem Alltag entrückt. Vor vielen Jahren war ihm ähnlich zumute gewesen, als er für den Maturaball seinen ersten Smoking angezogen hatte. Er warf sich einen letzten Blick zu und verließ das Haus.

Käfer hatte keinen Hunger, obwohl es Mittagszeit war. Aufgeregt wegen dieses Besuches? Lächerlich. Immerhin war er in seinem früheren Beruf auch eine Person des öffentlichen Lebens gewesen. Er hatte mit Anstand oder auch mit Bravour TV-Talkshows hinter sich gebracht und vereinnahmende Zuwendung aus Politik und Wirtschaft erfolgreich abgewehrt. Um so engagierter pflegte er seine Kontakte zur kreativen Szene im deutschsprachigen Raum und darüber hinaus.

Und jetzt wurde er unruhig, nur weil er zum Tee geladen war? Natürlich ging es auch um seine Urgroßtante. Aber sie war doch nur ein wenig Familiengeschichte, vergessen und verdrängt. Aber Käfer wollte diese Geschichte fertig erzählt wissen, auch wenn das Ende dunkel war.

Langsam ging er auf das Hotel ›Wasnerin‹ zu. Käfer hatte den Rock im Zimmer gelassen, trotzdem stand Schweiß auf seiner Stirn, als er die Anhöhe erreicht hatte. Erst jetzt fiel ihm auf, daß sich neben dem Hauptgebäude ein sehr kleines Wohnhaus befand. Käfer trat näher und sah zu seiner Überraschung Eustach Schiller aus der offenen Tür treten.

»Herr Käfer! Ich konnte einfach nicht widerstehen, als ich das Haus unversperrt fand. Wilhelm Kienzl hat hier viele Sommer verbracht. Sie wissen schon, Komponist, Evangelimann.« Schiller warf sich in Pose und intonierte: »Selig sind, die Verfolgung leiden, um der Gerechtigkeit willen …«

Käfer ergänzte mit Sprechstimme: »Denn ihrer ist das Himmelreich. – Was führt Sie hierher?«

»Das Opfer kehrt an den Ort seiner Schmach zurück.«

»Was war denn los mit Ihnen an diesem Sonntag?«

»Ich wollte Sie und Ihren rechtskundigen Bruder zu einem schöngeistigen Mittagessen einladen. Die Laune eines betuchten Müßiggängers, Neugierde, Berechnung, nennen Sie es, wie Sie wollen. Dann habe ich diesen bankrotten Herrn Moser am Stammtisch sitzen gesehen. *Wie man Geld und Zeit vertan, zeigt das Büchlein lustig an*, zitierte ich aus Goethes *Venezianischen Epigrammen*. Niemand war gekränkt, schon gar nicht der Herr Moser. Ich wurde gefragt, ob ich denn noch mehr treffende Sprüche wüßte. Nun ja, Herr Käfer, ich bin ein wandelnder Zitatenschatz. Der Stammtisch hat mir Stichworte zugeworfen, und ich habe den Ball literarisch zurückgespielt. Einer ist dann auf die Idee gekommen, jede treffende Replik mit einem Glas Wein zu belohnen. Den traurigen Rest der Geschichte kennen Sie. Darf ich Sie übrigens heute einladen? Sie würden mir dabei helfen, die Terrasse der ›Wasnerin‹ in besserer Erinnerung zu behalten.«

Auch im Schatten des Sonnenschirms war es heiß. Die beiden aßen nur eine Kleinigkeit. Schiller betrachtete sinnend seinen Gast.

»Auch schon als Ausseer kostümiert, wie? Dieses gelinde Stadium des Irrseins trifft jeden von uns irgendwann. Haben Sie schon eine Lederhose in Auftrag gegeben?«

»Natürlich. Mit neun Nähten. Kostet ein Vermögen.«

»Kostet vor allem Geduld. Als ich mir dereinst erlaubt habe, nach einem guten Jahr wieder einmal schüchtern vorstellig zu werden, hat dieser schneidernde Unhold aufmunternd gesagt, daß er die runde Luft für die Hosenröhren schon fast fertig habe.«

»Ist inzwischen auch der Rest erledigt?«

»Wühlen Sie nicht in offenen Wunden. Übrigens bin ich heute schon an Ihrer Schlömmerschen Residenz vorbeispaziert.«

»Zufall?«

»Den gibt es nicht. Ich habe ein wachsames Auge auf Sie, mein Guter.«

»Warum?«

»Weil ich Ihnen die kindliche Unschuld Ihres Aufenthaltes nicht abnehme. War die Unterredung mit Ihrem Bruder ergiebig?«

»Man wird sehen. Vermutlich schon. Die neuesten Nachrichten klingen vielversprechend. Heute nachmittag bin ich übrigens bei Frau Hürsch zum Tee.«

»Nur so, nicht wahr? Ohne den kleinsten Hintergedanken.«

»*Heimat für Unbehauste* haben Sie die Welt der Villen neulich genannt, Herr Schiller.«

»Chapeau. Ein zitierfreudiger Mensch weiß es zu würdigen, wenn er richtig zitiert wird. Sie möchten also vertraute Erde unter die Füße bekommen, in Praunfalk oder sonstwo?«

»Könnte zutreffen, irgendwie.« Käfer hob den

Blick. »Wann ist die ›Wasnerin‹ eigentlich gebaut worden, wissen Sie das zufällig?«

»Hören Sie mir mit Zufällen auf. 1933 bis 1934. Sie wollen ablenken, wie?«

Wieder in seinem Zimmer, dachte Daniel Käfer über ein kleines Gastgeschenk für Frau Hürsch nach. Na klar, das war es! Er holte einen Reclam-Band aus der Reisetasche, Balthasar Graciáns *Handorakel*, blätterte suchend darin und hielt bei der Sequenz mit der Zahl 89 inne. *Kenntnis seiner selbst, an Sinnesart, an Geist, an Urteil. Keiner kann Herr über sich sein, wenn er sich nicht zuvor begriffen hat.* Käfer schaute auf die Uhr, nahm seinen Rock und ging nach unten.

Er versuchte vergeblich zu starten. Käfer öffnete die Motorhaube, prüfte den Benzinfluß, die elektrischen Kontakte und bemerkte zu seinem Ärger, daß die weißen Manschetten seines Hemdes schon Ölspuren zeigten. Er startete, bis der Batteriestrom versiegte. Dann holte er fluchend die Kurbel hervor und drehte sie so rasch und kraftvoll wie möglich. Nichts da. Käfer warf abermals einen Blick auf die Uhr und resignierte. Er ging ins Haus und wählte die Nummer des Gasthauses ›Zum Ech‹ an. Ja, hörte er Anna sagen, er habe Glück, der Golf vom Vater sei da, sie käme dann gleich.

»Ein Mechaniker im Trachtengewand. Einmal was Neues!« Sie musterte Käfer, der neben ihr Platz genommen hatte, mit kurzen Seitenblicken.

»Fahr nicht so schnell, Anna, so eilig ist es auch wieder nicht.«

»Männliche Beifahrer sind zum Vergessen.«

Sie nahm schwungvoll eine enge Rechtskurve. Käfer, der gerade dabei gewesen war, sich anzugurten, kippte gegen ihre Schulter.

»Das war ja schon wieder recht angenehm.«

»Das sagst du.« Anna schob ihn in die Senkrechte.

»Die Frau Hürsch hat übrigens nicht so recht wollen, anfangs. Erst als ich ihr erzählt habe, daß die Maria Käfer wirklich deine Urgroßtante war, hat sie nachgegeben.«

»Wie ist sie denn so, die Frau Hürsch?«

»Anders als wir. Aber ihre Nichte hat mir erzählt, daß sie sich keine bessere Tante wünschen könnte.«

»Und... abgesehen vom Mechaniker, was sagst du zu meiner textilen Neuorientierung?«

»Nicht viel.«

»Das ist wenig.«

»Es reicht.«

»Grüß dich, Anna, grüß Gott, Herr Käfer. Ich habe das Auto gesehen.« Frau Hürsch stand in der Eingangstür. »Kommt doch bitte herein, ihr beiden.«

Eine breite Treppe führte nach oben. Die hölzernen Stufen waren abgetreten und knarrten leise unter den Schritten. Frau Hürsch ging voran. Im ersten Stock angekommen, blieb sie stehen und wandte sich ihren Gästen zu.

»Der Salon. Ich habe schon für uns gedeckt.«

Erst hatte Käfer »Salon« für gezierten Wohlklang gehalten. Doch kaum war er eingetreten, erkannte er, daß Frau Hürsch einfach das richtige Wort verwendet hatte. Der hohe, weite Raum füllte vermutlich fast das ganze Stockwerk aus. Die dunkle Holztäfelung vermittelte den Eindruck stilvoller Behaglichkeit. An den Wänden standen altertümliche Bücherregale und Kommoden, ein großer Tisch aus schwerem polierten Holz bestimmte die Mitte. Dennoch war der eigentliche Mittelpunkt des Salons außerhalb zu suchen. Ein geräumiger Erker mündete in ein riesiges, von schmalen Holzsprossen unterteiltes Fenster, das den Ausblick in eine theatralisch gestaffelte Gebirgslandschaft freigab, die keinen anderen Zweck zu haben schien, als die Wirkung ihres beherrschenden Mittelpunktes zu erhöhen. Der Dachstein vor Käfers Zimmerfenster war schön und eindrucksvoll, doch im Salon der Frau Hürsch hatten Berg und Gletscher ihren wirklich großen Auftritt.

Im Erker stand ein gedeckter runder Tisch mit vier Stühlen. Frau Hürsch machte eine einladende Geste. Käfer nahm Platz und legte das kleine gelbe Buch vor sich hin.

»Das habe ich mitgebracht. *Handorakel und Kunst der Weltklugheit.*«

»Wie schön gedacht.« Frau Hürsch goß Tee in die Tassen. »Wer lehrt uns hier das Leben, Herr Käfer?«

»Die Herren sind zu dritt. Balthasar Gracián war ein spanischer Jesuit des 17. Jahrhunderts. Ein gewisser D. Vincencio Juan de Lastanosa hat dessen zwölfbändiges Werk zu einem kompakten Orakel komprimiert, und Arthur Schopenhauer nahm die Herausforderung an, es ins Deutsche zu übertragen.«

»Ein charmantes Kompendium männlicher Schlitzohrigkeit, wie ich annehme.«

Sie griff nach dem Buch und schlug es auf.

»*Nie sich zu dem gesellen, durch den man in den Schatten gestellt wird.* Da haben wir es schon. Ich bedanke mich für eine vergnügliche und lehrreiche Lektüre, Herr Käfer. Darf ich nach Ihrem beruflichen Hintergrund fragen?«

»Privatier, derzeit. Vor kurzem noch Chefredakteur des *IQ*. Ich bin freigestellt, der *IQ* ist eingestellt.«

»Ach ja. Ich habe gerne darin gelesen. Gutes Deutsch, starke Themen, wohldosierte Ironie. Aber auch abgehobene Selbstgefälligkeit.«

»Ich werde darüber nachdenken. Aber es ändert nichts mehr.«

»Den, der nachdenkt, vielleicht ja doch.«

## 18

»Und du, Anna? Schön, dich wiederzusehen!«

Anna lächelte, nippte an ihrem Tee und bemühte sich offenbar, einen wohlerzogenen Eindruck zu machen.

Auch Käfer hob seine Tasse. »Assam?«

»Erstaunlich. Sie haben recht, Herr Käfer. Eine gute ostfriesische Mischung. Die nimmt es auch mit kalkhaltigem Wasser auf.«

»Ist es indiskret zu fragen, ob Sie hier allein wohnen?«

»Nun haben Sie ja schon gefragt. Derzeit ja. Doch es gibt immer wieder Besuch. Die Familie ist groß.«

»Es ist unglaublich schön hier.«

»Ja. Ich genieße es auch.« Frau Hürsch schloß die Augen. »Hören Sie das? Ich nenne es vielstimmige Stille. Sie läßt keine Langeweile zu und keine Einsamkeit.«

»Danke, daß ich hier Gast sein darf.«

»Dafür hat Anna gesorgt. Doch mittlerweile sehe ich Sie recht gerne bei mir, Herr Käfer. Unsere Mizzi war also Ihre Urgroßtante?«

»Mein Bruder ist Anwalt. Und er hat offenbar in Graz Belege dafür gefunden.«

»Ja, Graz war ihre Heimat. Ich weiß nicht viel von der Mizzi. Aber ein wenig wurde mir erzählt. Sie war schon alt, als sie zu meiner Großmutter ins Haus gekommen ist, alt und wohl auch ein wenig sonderlich. Aber eine gute Seele und so nützlich, wie sie es eben noch zuwege brachte.«

Käfer holte eine Kopie hervor. »Das hat die *Alpenpost* über sie geschrieben.« Frau Hürsch las und legte das Papier dann neben ihre Teetasse.

»Dem Ende zu war Mizzi dem Vernehmen nach immer seltsamer geworden, gehörte aber längst zur Familie. Nicht wie eine Verwandte natürlich, aber doch wie ein Mensch, den man nicht missen möchte. Auch davon, daß sie merkwürdige Geschichten erzählt hat, habe ich gehört. Sehen Sie, Herr Käfer, Dienstboten lebten in einer engen, streng geordneten Welt, auch wenn sie gut behandelt wurden. Muß es einen wundern, wenn sich so ein Mensch in das Reich der Phantasie flüchtet?«

»Nein, muß es nicht.«

Vor dem großen Fenster löschte die Dämmerung allmählich die Farben aus. Nur der Himmel glühte noch matt und hob sich von den schwarzen Gestalten der Gipfel ab. Auch im Salon war es dunkler geworden. Frau Hürsch machte kein Licht.

»Ich mag es, wenn der Abend zu mir hereinkommt. Wissen Sie, ein Haus wie dieses wurde nicht dafür gebaut, sich der Welt ringsum zu verschließen. Außen und Innen tauschen sich aus, Licht, Geräusche, Gerüche. Sie spüren den Wald hier, Sie nehmen den Bach hinter dem Haus wahr, und sie erleben, wie das Jahr im Frühling aufwacht und sich nach einem großen Sommer in den Herbst träumt. Im Winter sind die Villen unbewohnbar, leblos, schrecklich still. Ich will das gar nicht sehen und bleibe in meiner Wiener Wohnung.«

»Aber Sie und Ihre Familie sind doch hier zu Hause?«

»Wir gehören zu Aussee und auch wieder nicht. Die Einheimischen leben mit der Landschaft in einer guten, robusten Ehe. Wir hingegen gönnen uns eine federleichte Liaison. Aber es gibt nicht mehr viele von uns – eine aussterbende Spezies.«

»Kennen Sie eigentlich Eustach Schiller?«

»Ein Aasgeier. Sie entschuldigen schon. Mehr fällt mir zu diesem Herrn nicht ein.«

»Tut mir leid, ich wollte Ihnen den Abend nicht verderben.«

»Schon gut. Kommen wir also wieder auf die Mizzi. Die Gegenwart, Herr Käfer, hält für Sie doch andere Aufgaben bereit als die Ergründung längst verwehter Schicksale.«

»Wie soll ich sagen, Frau Hürsch. Mein Beruf war es immer, gute Geschichten zu erzählen oder welche zu erfahren und weiterzugeben. Und jetzt gerate ich unvermutet in meine ganz persönliche Geschichte. Das geht mir nahe, im eigentlichen Sinne des Wortes.«

»Und es ärgert Sie, daß es offene Enden gibt?«

»Ärger ist das falsche Wort. Die schönsten Sommer meines Lebens habe ich als Kind im Ausseerland verbracht. Es mag irrational erscheinen: Aber mir ist, als könnte ich Hand in Hand mit der Mizzi als Erwachsener daran anknüpfen.«

Frau Hürsch tastete nach dem Schalter einer Stehlampe. Sanftes Licht schuf eine Insel in der Dunkelheit. »Oder Sie gehen Hand in Hand mit ihr zugrunde.«

»Nicht mit der Mizzi.«

»Wie Sie meinen.« Frau Hürsch schüttelte unwillig den Kopf und erhob sich.

Auch Käfer war aufgestanden. »Entschuldigen Sie, wenn ich...«

»Es gibt nichts zu entschuldigen. Ich habe einen Entschluß gefaßt. Kommen Sie bitte mit mir.«

Sie betrat wieder das Treppenhaus und blieb erst zwei Stockwerke höher stehen. »Wir sind unter dem Dach angelangt. Hier, rechter Hand, im Turmzimmer, hat meine Nichte letzten Sommer gewohnt, gehaust, möchte ich sagen. Daß Mädchen so unordentlich sein müssen.«

Dann öffnete Frau Hürsch die Tür zu einem fensterlosen Raum: Bett, Kasten, Sessel, ein kleiner Tisch.

»Hier hat Mizzi gewohnt. Unten im Erdgeschoß gibt es noch weitere Dienstbotenzimmer. Diese Räume stehen schon lange leer, niemand braucht sie.«

Sie bückte sich, griff unter das Bett und zog einen kleinen Koffer aus dunkelbraunem Material hervor. »Er hat Mizzi gehört. Jetzt gehört er Ihnen, Herr Käfer. Ich habe nie hineingeschaut. War mir zu privat.«

»Danke, Frau Hürsch.«

»Und wenn Sie eine Büchse der Pandora in Händen halten?«

»Wie auch immer.«

»Was für ein seltsamer Abend.« Daniel Käfer saß wieder neben Anna im Auto. Er hatte den Koffer auf seine Knie gelegt und hielt ihn mit beiden Händen fest. »Du hast es mit einem Erben zu tun, Anna.«

»Und mit einem, der verdammt gut mit reiferen Frauen umgehen kann.«

»Wenigstens was. Aber im Ernst: Da war keine Absicht dahinter. Die Frau Hürsch ist eben ein kluger, liebenswerter Mensch.«

»Ihr Mann war Kapitän. Hat mir die Susi, ihre Nichte, erzählt. Eines Tages war er verschollen. Schiffbruch oder der falsche Hafen.«

Die Fenster des Wirtshauses ›Zum Ech‹ waren schon dunkel. Anna sperrte auf und machte Licht.

»Niemand da. Die Ur-Omi wird schon schlafen, und der Vater ist vielleicht mit dem Peter weggegangen. Kino oder so.«

Käfer legte den Koffer auf den Stammtisch. »Ehrlich gesagt: Ich bin ziemlich aufgeregt.«

»Und wenn er versperrt ist?«

»Das werden wir gleich sehen.«

Die einfachen Schnappschlösser sprangen sofort auf. Der zurückgeklappte Deckel gab den Blick auf sorgfältig gebündelte Zeitschriften frei.

»*Die Gartenlaube*, Anna! *Illustriertes Familienblatt*, Mitte des 19. Jahrhunderts in Leipzig gegründet, wenn ich mich recht erinnere. Diese erstaunliche Zeitschrift hat bis in den Zweiten Weltkrieg hinein durchgehalten. Dagegen steht mein *IQ* im Rang einer Episode. Da, auf der Titelseite der berühmte Roman in Fortsetzungen. *Eine unbedeutende Frau...*«

»Gibt's heutzutage nicht mehr.«

»Was?«

»Unbedeutende Frauen. Tu schon weiter!«

Käfer legte die Zeitschriften auf den Tisch. Jetzt waren Kleidungsstücke zu sehen: Rock, Bluse, Wollstrümpfe, auch Unterwäsche.

»Darf ich?« Anna hielt die Sachen gegen das Licht. »Arbeitsgewand. Nicht gerade elegant, aber doch feiner als bei uns damals. Ich kenn das von alten Fotos. Aber halt, da ist noch etwas. Da schau her!«

Anna breitete sorgsam ein Dirndlkleid auf dem Tisch aus: ein dunkelroter Wollstoffkittel, schwarzer Leib, schwarze Seidenschürze, ein kostbar wirkendes Halstuch. Sie hielt sich das Kleid vor die Brust. »Meine Größe auch noch!«

»Magst du es haben, Anna?«

Das Dirndl fiel zu Boden, Käfer sah sich umarmt und spürte einen raschen Kuß auf den Lippen. Dann hatte sich Anna auch schon wieder von ihm gelöst.

»Und du meinst das ernst?«

»Ja freilich. Und der Mizzi wär's auch recht, denke ich.«

»Kennst du sie schon so gut?«

»Nicht besser als du. Aber es wird schon noch werden. Und eine nostalgische Abendlektüre hat sie mir ja auch hinterlassen.«

»Nicht sehr viel.«

»Wie man's nimmt. Ihr Dirndlkleid, das jetzt dir gehört ..., ist das eins für den Sonntag?«

»Ja, schon. Aber die Jüngeren tragen es eigentlich nicht mehr. Bin ich eben eine Ausnahme.«

»Die bist du auf jeden Fall, Anna. Übrigens kannst du mich morgen wieder in der guten alten Schnürlsamthose besichtigen.«

»Und das schöne neue Gewand?«

»Da muß ich erst hineinwachsen.«

»Wird schon werden.«

»Hoffentlich. Bis morgen also!«

Mit dem ererbten Koffer in der Hand trat Käfer in die Nacht hinaus. Er dachte an Frau Hürsch und an ihre große, stille Villa. Hatte Mizzi den Koffer zurückgelassen, weil sie wußte, daß sie ihn nicht mehr benötigen würde? Und war der Inhalt alles gewesen, was am Ende noch ihr gehörte?

Er brauchte kaum Phantasie, um sich vorzustellen, wie seine Urgroßtante in der Dunkelheit neben ihm ging. Was sie zu erzählen hätte? Belangloses Dienstbotengeschwätz oder eine jener Geschichten, die niemand hören wollte?

Diesmal fand er Frau Schlömmer allein in der Küche vor. Sie hatte ein Buch vor sich liegen. Ihr Gesicht war gerötet.

»Störe ich bei der Lektüre?«

»Ach was! Ich wollt nur wissen, was mein Mann so liest. Henry Miller, *Plexus.* So ein Saubartel, der!«

»Ist aber große Literatur. Hätt ich ihm gar nicht zugetraut.«

»Natürlich. Die Männer müssen zusammenhalten. Was wollen Sie denn mit dem schäbigen Koffer da?«

»Es zieht jemand ein bei mir.«

»Und wer?«

»Meine verblichene Urgroßtante.«

Frau Schlömmer betrachtete ihren Zimmerherrn argwöhnisch. »Also heute gibt's keinen Schnaps mehr. Sie haben genug.«

Käfer stellte den Koffer im Zimmer ab und ging zu seinem Auto hinunter, weil er noch einmal versuchen wollte, den Motor zu starten. Die Batterie hatte sich einigermaßen erholt, doch mehr als ein paar Fehlzündungen kamen nicht zustande. Käfer stieg aus und dachte nach. Er bückte sich, tastete im Dunklen nach der kleinen Auspufföffnung, schob den Finger hinein und spürte festen Widerstand. Mit einem Schraubenzieher gelang es ihm, den Pfropfen zu lösen. Er ging damit ins Haus und sah zu seinem Erstaunen, daß er ein buntes Seidentuch in der Hand hielt.

## 19

Daniel Käfer blätterte noch lange in den *Gartenlaube*-Heften, auch weil er insgeheim hoffte, auf persönliche Notizen seiner Urgroßtante zu stoßen, einen Brief vielleicht oder ein Kochrezept. Aber er suchte nicht wirklich, ließ sich vielmehr auf das Lebensgefühl ein, wie es die Hefte vermittelten: bemühte Liberalität, freundlich eingepackt in zunehmend inhaltsleere Idylle. Kein Wort von Hitlers Machtübernahme in Deutschland, von den Festversammlungen der Nazis auch in Österreich. Immerhin war die bedrohlich anwachsende Arbeitslosigkeit ein Thema am Rande, soziales Elend und die Ohnmacht der öffentlichen Hand. Frauen waren damals wohl oder übel mitten im Leben gestanden, gleichberechtigt, wenn es darum ging, Bürden auf sich zu nehmen, doch dann wieder wohlverwahrt und weggesperrt in Haus, Küche und Garten.

Die Müdigkeit kam wie aus dem Hinterhalt über Käfer und ließ ihn gerade noch ins Bett finden.

Am folgenden Morgen war er so erschöpft, als hätte er eine große Anstrengung hinter sich. Käfer öffnete unwillig die Augen und sah den Koffer. Nein, er hatte nicht geträumt. Dennoch kam es ihm mehr und mehr so vor, als sei er auf eine Bühne geraten, umgeben von Kulissen, Statist unter Akteuren.

Gleichviel. Dann eben Vorhang auf für den nächsten Akt: Frühstück mit Anna.

Neben der Kaffeetasse lag ein blaues Heft mit steifen Deckeln. *Dienstbotenbuch*, las Käfer.

»Im Dirndlrock war innen eine Tasche aufgenäht, mit dem da drin.«

»Anna, du bist ein Schatz.«

Käfer schlug das Buch auf. Er las halblaut. Mühsam entzifferte er das für ihn kaum leserliche Kurrent der handschriftlichen Eintragungen.

*»Dienstbotenbuch, enthaltend achtundvierzig mit fortlaufender Zahl versehene Seiten. Für Maria Käfer. Gebürtig aus Graz. Kronland Steiermark. Personsbeschreibung: Geburtsjahr 1873. Religion katholisch. Größe klein. Gesicht länglich. Augen braun. Augenbrauen schwarz. Nase proper. Mund*

*proper. Haare schwarz. Zähne gesund. Besondere Kennzeichen keine. Handschrift des Besitzers …* Da, schau her, Anna, so hat sie geschrieben, die Mizzi. Ganz schön amtlich übrigens, dieses Dokument. Fängt gleich einmal mit einem Gesetzestext an. Einmal sehen … *beschlossen 1877.*«

Jetzt hatte Anna das Heft in die Hand genommen und blätterte darin.

»Da ist die erste Eintragung einer Dienstherrschaft – und sie ist auch die letzte, aus dem Jahr 1933 übrigens. Davor fehlen aber Seiten – schaut aus, als wären sie mit einem scharfen Messer herausgeschnitten worden.«

»Ja, richtig. Und die Handschrift hier kann ich beim besten Willen nicht lesen. Ist die Urgroßmutter im Haus, Anna?«

»Ich glaub schon. Wird in ihrem Zimmer sein. Ich geh nachschauen.«

Käfer überlegte. 1933 waren die Bestimmungen in diesem Dienstbotenbuch schon lange ungültig gewesen. Aber offenbar war das alte Dokument einfach weiterverwendet worden. Doch warum fehlten Seiten?

»Na, Daniel, was sagst du dazu?« Annas Urgroßmutter hatte sich dicht neben ihn gesetzt, wie eine Komplizin.

»Ich bin erst einmal sprachlos, Frau…«

»Singer. Die Hiasler Pep. Und jetzt willst du wissen, was da steht?«

»Natürlich.«

»Dann sperr die Ohren auf: *Am 20. Dezember 1928 für den Dienst im Haushalt aufgenommen. Bedungene Entlohnung 300 Schilling jährlich, zahlbar in zwölf Teilbeträgen, jeweils am Monatsersten.*

Für 50 Groschen hat es damals ein Gulasch und ein kleines Bier gegeben, Daniel! Aber weiter.

*Fräulein Maria Käfer hat ihre Arbeit mit möglichstem Fleiß getan und war stets freundlich und aufrichtig. Zu den fehlenden Seiten im Dienstbotenbuche will sie nichts sagen. Maria hat den Wunsch geäußert, ihre alten Tage bei Verwandten in Graz zu verbringen. Ihr Austritt aus dem Dienste erfolgt mit heutigem Tage. Fräulein Käfer ist es aber gestattet, ohne Gegenleistung bis auf weiteres ihr Zimmer im Hause zu bewohnen.*

*5. Oktober 1933, Wanda Hürsch, Bad Aussee, Praunfalk.*«

»Das bestätigt eigentlich nur, was ich schon weiß. Was wohl mit den fehlenden Seiten los ist?«

»Schlechte Dienstzeugnisse vielleicht, Daniel, und die arme Mizzi hat sich dafür geniert? Gar so amtlich wird das Heft in der Zwischenkriegszeit nicht mehr gewesen sein... Die Herrschaften waren vielleicht auch weniger hochnäsig als in der Kaiserzeit. Ein paar von denen haben damals ja auch erfahren müssen, wie das so ist, wenn man kein Geld hat. Aber es war trotzdem ein lausiges Leben, für eine Dienstbotin. So gut wie keine Freizeit, wenig Geld, aber jede Menge Pflichten.«

»Immerhin hab ich jetzt etwas Konkretes in der Hand. Wenn ich nur wüßte, wer mir weiterhelfen kann.«

Die Greisin kicherte. »Vielleicht fallt unserem Herrn Dechant was ein. Dem ist noch nie nichts eingefallen.«

»Gute Idee, Frau Singer. Und meinem Seelenheil kann's auch nicht schaden.«

Käfer rief gleich im Pfarrhof an und wurde eingeladen, gegen zwei Uhr zu kommen. Das war ihm ganz recht so. Bis dahin hatte er Zeit, das Dienstbotenbuch erst einmal allein gründlich zu studieren. Er fuhr Richtung Altaussee und parkte das Auto vor der ›Scheichlmühle‹. Das Wirtshaus am Traunufer schien ihm der passende Ort für seine Lektüre zu sein, und dann konnte er hier auch noch Mittag essen.

Jetzt hätte ihn sein Bruder sehen sollen, wie er da saß und geduldig Punkt für Punkt einen langen, umständlich formulierten Gesetzestext studierte.

»Darf ich Sie bitten, mein lieber und sehr verehrter Herr Käfer, einen Blick auf dieses Regal zu werfen?«

Der Dechant stand im Arbeitszimmer des Pfarrhauses, machte eine feierliche Geste, und sein großes, rundes Gesicht leuchtete im Widerschein respektvoller Sympathie.

Käfer sah zu seiner Überraschung fünf gebundene Jahrgänge des *IQ*.

»Das freut mich jetzt, Herr Pfarrer, und bringt mich gleichzeitig in Verlegenheit. Gar so fromm war die Redaktionslinie meines Blattes ja nicht.«

»Wäre doch langweilig gewesen, oder? Ich verdanke Ihnen einen meiner Lieblingssätze: Gott ist nicht tot, sondern nur während einer Sonntagspredigt eingeschlafen.«

»Das ist wirklich von mir? Ja, doch, könnte sein. Unglaublich, wie weit ich mich in den letzten paar Wochen von meinem früheren Berufsleben entfernt habe.«

»Und wohin geht die Reise? Doch bevor Sie darauf antworten, eine andere Frage: weiß oder rot?«

»Ich verstehe nicht ganz.«

»Sie werden doch einem Glas Wein nicht abgeneigt sein?«

»An sich nicht...«

»... aber die hier gepflegte Weinkultur kann Sie

nicht gänzlich überzeugen, nicht wahr? Dennoch, Sie tun den Ausseern unrecht. In den letzten Jahren hat sich viel zum Besseren gewandelt. Abgesehen davon, mein Weißer ist ein Grüner Veltliner aus dem Weinviertel, Himmelbauer, wenn Ihnen der Name was sagt. Und dann hätte ich noch einen Burgenländer anzubieten, ein St.-Laurent-Zweigelt Cuvé vom Umathum.«

»Darf ich unverschämt sein?«

»Immer noch besser als eitel gehegte Bescheidenheit.«

»Ja dann: beides. Erst einmal den Veltliner.«

Als die Gläser gefüllt waren, kosteten und tranken die zwei Männer in heiterer Andacht. Dann schaute der Pfarrer sinnend in die flirrende Nachmittagssonne hinaus.

»Ich bin sehr gerne hier, auch wenn es einem, der aus Graz kommt, nicht gerade leichtgemacht wird.«

»Graz? Da bin ich auch her.«

»Ein Bruder im Geiste mehr in der Diaspora. Eigentlich sollten wir einen Verein gründen. Der Notar zählt noch zu den Unsrigen, und Ihre Quartiergeberin, die Frau Schlömmer, kommt immerhin aus dem Umland.«

»Darf ich Schriftführer sein?«

»Kommt nicht in Frage. Seit wann kann ein Journalist schreiben? Ich biete Ihnen das ehrenvolle Amt des zweiten Rechnungsprüfers an.«

»Herzlichen Dank. Und Sie sind der Kassier. Sie haben ja Übung. Von wegen Kirchensteuer und so.«

»Damit wären die besten Voraussetzungen für Konflikte ungeahnten Ausmaßes geschaffen. Wechseln wir lieber das Thema. Was führt Sie zu mir?«

Käfer legte das Dienstbotenbuch vor sich hin: »Das hier. Meine Urgroßtante, Maria Käfer, war als Dienstbotin in Aussee beschäftigt. Dieses Dokument haben wir unter ihren Habseligkeiten gefunden.«

»Ist ja hochinteressant.«

»Allerdings. Ich habe es vorhin eingehend studiert. Vorschriften über Vorschriften. Hier, zum Beispiel: *Der Dienstbote hat sich der häuslichen Ordnung, wie sie vom Dienstherrn bestimmt wird, zu unterziehen. Befehle, Ermahnungen und Verweise des Dienstherrn muß er mit Bescheidenheit annehmen.*«

»Das werde ich bei Gelegenheit meiner Köchin zur Lektüre empfehlen.«

»Viel Vergnügen dabei. Was halten Sie davon? *Ohne Vorwissen und Bewilligung des Dienstherrn darf der Dienstbote seine Kleidungs- und Wäsche-*

*stücke und sonstigen Habseligkeiten außer dem Hause, in welchem er dient, nicht aufbewahren.* Und es kommt noch härter: *Der Dienstbote muß sich die Durchsuchung seiner Truhen, Koffer und sonstigen Behältnisse von seiten des Dienstherrn ohne Angabe eines Grundes gefallen lassen.*«

»Aus welchem Jahr stammt dieses Gesetz?«

»1877. Unter der Regentschaft Ihrer katholischen Majestät. Hören Sie weiter, Herr Pfarrer! *Der Dienstherr kann den Dienstboten ohne Ankündigung und sofort entlassen, wenn der Dienstbote über vierzehn Tage ohne Verschulden des Dienstherrn krank ist.*«

»Die gute alte Zeit. Zum Teufel mit ihr!«

»In dieser Hinsicht ja, und in manch anderer auch. Nun aber zu meinem Anliegen. Ich könnte mir vorstellen, daß in den Pfarrbüchern Informationen über meine Urgroßtante zu finden sind.«

»Wenn es während ihres Aufenthaltes in Aussee ein kirchlich relevantes Ereignis gegeben hat, also Hochzeit, Taufe, Tod, müßten wir fündig werden. Wann ist sie nach Aussee gekommen, und wie lange war sie da?«

»Das weiß ich eben nicht so genau. Sehen Sie, es fehlen Seiten. 1933 ist sie jedenfalls unter merkwürdigen Umständen verschwunden.«

»Ich werde tun, was ich kann. Für Sie besonders

gerne, Herr Käfer. Ah, wir bekommen lieben Besuch. Gott zum Gruß, Eustach! Rot oder weiß?«

»Kaffee bitte. Ich habe vergangenen Sonntag für die nächsten Jahre im voraus getrunken. Und Sie, Herr Käfer, suchen rein zufällig die Nähe des geistlichen Herrn? Ich bin hergekommen, weil Ihr Auto vor dem Pfarrhaus steht. Es geht mich zwar nichts an, aber ich wüßte es doch recht gerne, warum.«

Käfer schob ihm das Dienstbotenbuch zu. »Darum geht's. Kennen Sie so etwas?«

»Natürlich.«

Schiller nahm das Heft, blätterte darin und erstarrte.

»Darf man in Ihrer Gegenwart fluchen, Hochwürden?«

»Sie werden es sich nicht verbieten lassen.«

Schiller senkte den Kopf. »Gott steh mir bei«, sagte er dann.

## 20

»Was hat dich so erschreckt, mein lieber Eustach?«

Die Gläser waren geleert, und der Pfarrer stand auf, um den Rotwein aus dem Schrank zu holen.

»Sollte ich nicht erschrecken, wenn mir auf vergilbtem Papiere der Name meines gefährlichsten Mitbewerbers entgegengrinst?«

»Mitbewerber in welcher Sache?«

»Wurzeln im Ausseer Boden. So etwas braucht ein coelestisch orientierter Diener Gottes natürlich nicht.«

Käfer grinste boshaft. »Mein Bruder hat mir berichtet, daß die Mizzi in der Familie ›die Ausseerin‹ genannt worden ist.«

»Woher gebürtig?«

»Aus Graz.«

»Also auch fremd.«

»Aber vermutlich im Ausseerland verstorben. Das hat sie uns beiden voraus.«

»Derzeit noch. Außerdem war ein Dienstbote ein Nichts. Im konkreten Fall vermutlich sogar ein nichtsnutziges Nichts. Warum fehlen wohl Seiten mit Dienstbeschreibungen, he?«

»Positiv denken, Herr Schiller. Es gibt viele gute Gründe, etwas zu verheimlichen.«

Schiller wedelte drohend mit dem Dienstbotenbuch. »Könnte es sein, daß Sie mehr wissen, als dadrin steht?«

»Und wenn es so wäre: Privatsache.«

»Verstehe. Verstehe. Ja, natürlich.« Schiller gab sich einen Ruck. »Unser aller Seelenhirte wird für Sie ja die Bücher befragen. Aber Sie sollten auch noch auf dem Gemeindeamt Ihr Glück versuchen. Solange Dienstboten ohne Beschäftigung waren, wurden die Bücher dort verwahrt. Und dann hat es ja schon in der Monarchie eine Meldepflicht gegeben, die auch für Dienstboten galt.«

»Danke, Herr Schiller. Mich befremdet allerdings Ihre Hilfsbereitschaft.«

»Sehen Sie's von der sportlichen Seite, Herr Käfer. Die meisten Dienststellen auf dem Gemeindeamt sind aber nachmittags geschlossen. Haben Sie Lust auf eine kleine Ausseer Exkursion? Eselsbach. Sozusagen die Gegenwelt zu Praunfalk?«

»Klingt interessant. Wann darf ich wegen der Mizzi, der Maria, nachfragen, Herr Dechant?«

»Morgen vormittag. Was sagen Sie zum Roten?«

»Sündhaft gut.«

»Das freut mich auch als Pfarrer.«

»Wie das?«

»Ohne Sünde gäb's keine Vergebung.«

»Wir gehen zu Fuß, Herr Käfer. Oder stört Sie ein steiles Stück Weg bergauf?«

»Aber nein.«

Schiller trug wieder seinen weißen Leinenanzug, den Rock hatte er über den rechten Arm gehängt.

»Da, linker Hand, ein vergessenes Stück Kirchengeschichte. Dieses uralte Gebäude gehörte im

15. Jahrhundert einem Priester. Dann bewohnten es Ausseer Bürger, wohlhabende Handelsleute und die Betreiber der Kirchenmühle. Mit der Kaufmannsfamilie Poden hat das Gemäuer dann seine heutige Gestalt und seinen Namen bekommen. Noch vor wenigen Jahren stand das Podenhaus knapp vor dem endgültigen Verfall. Ein interessantes Objekt, auch für mich sehr interessant. Nun ja, man kann nicht alles haben, und wenigstens bekommt man dort heute anständigen Wein zu trinken. Kommen Sie, wir gehen hinunter zur ›Blauen Traube‹ und dann links den Hang hinauf.«

Die beiden Männer schwitzten und waren außer Atem, als sie die Anhöhe erreicht hatten. »So, erst einmal verschnaufen.« Schiller betupfte mit einem blütenweißen Taschentuch die Stirn. Er schien glänzender Laune zu sein.

»Die Wohnhäuser hier sind typisch für das Ausseerland: das Erdgeschoß gemauert und nur der erste Stock aus Holz gezimmert. Die Gegend hier ist seit jeher dicht bewaldet, doch der Holzhunger der Salinen war beträchtlich, also mußte gespart werden, wo es nur ging. Darum waren die Dächer früher auch nur mit Brettern gedeckt und nicht mit Schindeln – das gute Lärchenholz wurde anderswo benötigt.«

Der Weg folgte dem Höhenrücken. Der Talboden lag ein paar hundert Meter tiefer. Käfer versuchte sich zu orientieren. Unter ihm verlief die Bahnhofstraße vom Ortszentrum aus südwärts.

Der Weg war schmäler geworden. Schiller nahm eine Abzweigung. Käfer sah, daß sich die Anordnung und das Aussehen der Häuser merklich verändert hatten. Hier waren die Gebäude kleiner, sie standen dicht gedrängt und ordentlich gereiht. Die schmalen Wege dazwischen waren gerade, die Kreuzungen hatten rechte Winkel.

»Darf ich vorstellen? Die andere Seite des noblen Kurortes Bad Aussee.«

»Wie soll ich das verstehen?«

»Nun ja. Nehmen wir eine Zeit so um 1900. Das Ortszentrum elegant geworden, in Praunfalk und auch anderswo die schöne Kulissenwelt der Villen, die Salinen am Ortsrand, in der Nähe des Bahnhofs. Die Salinenarbeiter, die Pfannhauser, brauchten also einen Platz, wo sie menschenwürdig wohnen konnten, ohne die bemühte Eleganz zu stören. So entstand auf huldvollstes Geheiß die ›Kaiser-Franz-Josefs-Jubiläums-Arbeiterkolonie‹, heute immer noch ›Kolonie‹ genannt. Genormte Haustypen, genormte Gärten, und alles fügt sich in einen strengen Raster. Inzwischen stehen die Häuser in Privateigentum. Wenn Sie mir bitte folgen wollen!«

Schiller ging nun auf den zum Tal hin steil abfallenden Hang zu. Vor einem massiven Holzgeländer blieb er stehen.

»Lassen Sie den Blick schweifen, mein Guter. Aussee liegt uns hochmütig zu Füßen, Praunfalk versteckt sich in seinem Tal. Aber sehen Sie das Hochplateau da drüben, Obertressen?«

»Ja, da haben wir einander das erste Mal getroffen, nicht wahr?«

»In der Tat. Hier, in dieser kleinkarierten, bienenfleißigen Arbeiteridylle bin ich als reicher Müßiggänger bestenfalls geduldet. Doch da drüben liegt mein Reich, verwachsen, verwunschen, hingesunken. Dort bin ich Träumer, Spieler, Herrscher, Despot, Tyrann, Kind.«

»Ein bißchen viel auf einmal, wie? Und dann kommt womöglich ein Käufer oder ein neuer Erbe, räumt den Schutt weg und stellt ein Freizeitzentrum hin mit Magic Spa und Wellness-Alm.«

»Wer kommt?«

»Weiß ich doch nicht.«

»So. Wissen Sie nicht?«

Schiller bückte sich, hob ein leeres Schneckenhaus auf und zerdrückte es langsam zwischen Daumen und Zeigefinger.

»Zwischenkriegszeit sagen Sie, Herr Käfer? 20er

und 30er Jahre? Da könnten Sie Glück haben. Es gibt ein ziemlich großes Archiv.« Der Mann im Meldeamt grinste. »Und das Archiv ist ein ziemlich großer Sauhaufen. Was wollen Sie eigentlich genau wissen?«

»Wann meine Urgroßtante ins Ausseerland gekommen ist und bei wem sie beschäftigt war.«

»Gut. Und was haben Sie dann davon? Ich mein, ich frag ja nur.«

»Wenn ich schon eine Vorfahrin habe hier, will ich mehr über sie wissen.«

»Klar. Ich sag's meinem Vorgänger, dem Rastl Leo. Der hat Zeit zum Suchen, als Rentner.«

»Wird's lange dauern?«

»Schauen Sie halt wieder einmal her.«

»Wann ungefähr?«

Der Mann hob wortlos die Schultern.

»Danke jedenfalls.«

»Bitte. Dazu sind wir ja da.«

Daniel Käfer wollte es bei diesem wenigstens im Ansatz erfolgreichen Besuch nicht bewenden lassen. Den Pfarrer hatte er schon angerufen, der trotz genauer Suche nicht fündig geworden war. Blieb noch die *Alpenpost*, deren Chefredakteur unbedingt die Neuigkeiten erfahren sollte. Käfer gönnte sich aber einen kleinen Umweg und schaute sich im

Kastaniengarten der Kurhauskonditorei nach einem freien Platz um. Zu seinem Erstaunen sah er Herbert Stadler sehr entspannt vor einem Eiskaffee sitzen.

»Herr Kollege! Sollten Sie nicht im Turm Fronarbeit tun?«

»Aber geh. Die neueste Ausgabe ist fertig und schon beim Drucker. Jetzt ist mein Platz wieder unter den Leuten, im wirklichen Leben.«

»Darf ich mich zu Ihnen setzen?«

»Gern. Erfahren die Ausseer endlich, mit was für prominenten Kollegen ich Kontakt habe.«

»Ob sie das sehr interessieren wird, die Ausseer?«

»Überhaupt nicht. Aber da drüben sitzt der Dr. Androsch, unser neuer Salzbaron. Der kennt den *IQ* bestimmt. Soll ich ihm sagen, wer Sie sind?«

»Später vielleicht einmal. Ich muß Ihnen was zeigen, Herr Stadler.«

Käfer legte das Dienstbotenbuch auf den Tisch. Sein Gegenüber stutzte. »So was seh ich zum ersten Mal. Wie alt ist das?«

»Noch aus der Monarchie. Sie dürfen es gerne durchblättern, leider fehlen ein paar Seiten.«

»Maria Käfer…, das war doch der Name auf dem Stein am Traunufer? Wirklich eine Verwandte von Ihnen?«

»Ja, eine Urgroßtante väterlicherseits.«

»Und das Dienstzeugnis da hat eine Wanda Hürsch unterschrieben. Von der müßte noch was im Archiv sein, ich meine, mehr, als Sie damals gefunden haben. Könnte eine gute Geschichte werden. Darf ich das Dienstbotenbuch einscannen?«

»Natürlich, da gibt es nichts zu verbergen.«

»Aber jetzt trinken wir erst einmal in Ruhe Kaffee. Sie waren beim Pfarrer gestern und dann mit dem Herrn Schiller in Eselsbach unterwegs?«

»Ja. Woher wissen Sie das schon wieder?«

»Den Pfarrer hab ich am Abend bei der Sippung der Schlaraffia getroffen, und der hat mir auch erzählt, daß Ihnen der Schiller die Kolonie zeigen wollte. Wie vertragen Sie sich denn mit dem großen Wohltäter unserer Heimat?«

»Was soll ich sagen? Er ist ein hochinteressanter Mann, von dem ich viel über Aussee gelernt habe. Andererseits spielt er Katz und Maus mit mir. Allerdings ist mir die Rollenverteilung noch nicht klar. Zum Kater fehlen mir die Krallen, und für die Maus habe ich zu wenig Angst. Wie sich der Herr Schiller sieht, weiß der Himmel.«

»Bei dem ist auch der Himmel ratlos. Also, wenn Sie heute noch im Archiv stöbern wollen, hab ich sogar Zeit zum Helfen.«

»Danke, wirklich. Macht ja auch mehr Spaß, zu zweit.«

»Welche Jahrgänge sollen wir uns denn vornehmen, Herr Kollege Käfer?«

»Ab 1900, würd ich meinen, bis 1933. Wir können noch immer weiter zurückgehen.«

»Und wonach suchen wir eigentlich?«

»Ja, gute Frage. Nach dem Namen Hürsch auf jeden Fall. Aber auch nach anderen Erwähnungen von Villenbesitzern, man weiß ja nie.«

»Also gut.«

Die Suche blieb lange ergebnislos. Dann wurde der *Alpenpost*-Redakteur fündig.

»Da ist was, Herr Kollege. August 1901. Ich lese vor: *Ein treuer Gast. Wie schon so manchen Sommer weilt Eduard Hanslick, der berühmte Musikhistoriker, in der Hürsch Villa III. Der treue Freund des Ausseerlandes ist nun schon recht betagt. Dennoch wünschen wir ihm noch viele genußreiche und erholsame Aufenthalte*.«

»Ach, der Hanslick! Ein gefürchteter Musikkritiker und Feuilletonist in der Presse. Interessant, bringt mich aber nicht weiter.«

Käfer nahm sich einen neuen Jahrgang vor und mußte sich immer wieder zur Ordnung rufen, wenn er dabei war, sich in irgendwelchen Geschichten zu verlieren.

Dann stieß er wieder auf einen bekannten Namen: »Da, Herr Stadler, hören Sie einmal, Ausgabe Juli 1908. *Rauschendes Fest im Park der Villa Muthspiel. Die liebenswürdige und elegante Dame des Hauses konnte am verwichenen Sonntage eine glänzende Gästeschar aus allen Gegenden der Monarchie begrüßen* ... Ja, und so weiter. Dürfte jedenfalls den Herrn Schiller interessieren. Aber verdammt, was sehe ich da?«

»Was denn? Ein Gespenst?«

»So ähnlich. Die Porträtzeichnung der Gastgeberin, Agathe Muthspiel. Das Gesicht kenne ich.«

»Aber woher?«

»Wenn ich das nur wüßte..., nein, ich weiß es. Ich besitze ein kleines Relief aus Elfenbein. Ein Frauenkopf.«

»Und der soll diese Agathe Muthspiel darstellen?«

»Ja. Ganz ohne Zweifel. Können Sie mit mir kommen, jetzt gleich?«

## 21

»Daß so ein Auto auch bergauf fährt, hab ich eigentlich nicht geglaubt.«

»Bergauf und notfalls rund um die Welt, Herr Kollege. Bei Gegenwind natürlich entsprechend langsamer. Und bergab geradezu rasant.« Käfer bog in den Weg ein, der nach Sarstein führte.

»Sie wohnen beim Stoffn, nicht wahr?«

»Ja.«

Käfer bremste und hielt unter einem Apfelbaum an. »Alles aussteigen.«

Frau Schlömmer schaute den beiden neugierig entgegen. Der Redakteur nahm sie um die Schultern. »Na, Mirz?«

»Gehst weg mit den Fingern! Der Hubert ist da. Und du weißt ja, wie er ist. Was sucht denn überhaupt die Zeitung bei mir?«

»Dein Zimmergast will mir was zeigen.«

»Das kann was sein.«

»Und ob!«

Im Zimmer angekommen, legte Stadler den Band mit dem Jahrgang 1908 auf den Tisch und schlug die fragliche Seite auf. Käfer nahm sein kleines Kunstwerk von der Wand und legte es neben die Zeichnung.

»Na bitte. Habe ich zuviel gesagt?«

»Boah! Sie haben recht. Das ist sie. Und was könnte das bedeuten?«

»Nicht mehr und nicht weniger, als daß es eine Verbindung zwischen meiner Familie und der Familie Muthspiel gibt, gegeben hat. Irgendwie ist der

Frauenkopf in den Besitz meiner Großmutter gekommen. Sie war übrigens offenbar nicht sehr stolz darauf und hat das Kunstwerk im Wäscheschrank versteckt.«

»Also könnt Ihre Urgroßtante einmal in der Villa Muthspiel gearbeitet haben?«

»Ja. Ist doch recht wahrscheinlich. Vielleicht finden die im Meldeamt etwas.«

»Seit wann finden die was?«

Stadler hatte den Frauenkopf in die Hand genommen, betastete das gewölbte Glas und den schmalen bronzefarbenen Blechstreifen, der es mit dem Kunstwerk verband.

»Steht vielleicht irgendwo eine Jahreszahl drauf?«

»Nein, bestimmt nicht.«

»Der Kopf und der Hintergrund sind aus Elfenbein gearbeitet, sieht man doch. Da müßte der Pappendeckel hinten eigentlich nicht sein, Herr Käfer.«

»Zum Schutz?«

»Wohl kaum. Und die Rückwand ist leicht gewölbt. Darf ich sie abnehmen? Ich bin ganz vorsichtig.«

»Meinetwegen.«

Stadler holte ein gefährlich aussehendes Taschenmesser hervor, setzte die Klinge aber sehr behutsam an. Die Pappe wölbte sich noch stärker, sprang aus dem Rahmen und fiel zu Boden. Wortlos nahm Stadler gefaltete Papierblätter, die ans Licht gekommen waren, und legte sie auf den Tisch. Käfers Hand zitterte, als er danach griff.

»Mein Gott! Das sind Seiten aus dem Dienstbotenbuch.«

»Jetzt wird es vielleicht doch zu privat. Soll ich gehen?«

»Ja, bitte. Aber ich verspreche Ihnen, daß ich in die Redaktion komme, sobald mein Kopf wieder einigermaßen klar ist.«

»Auf Wiedersehen, Herr Kollege.«

Daniel Käfer atmete eine Weile tief durch, um ruhiger zu werden. Dann strich er die Blätter glatt und ordnete sie nach Seitenzahlen. Das Dienstbotenbuch legte er daneben. Der Gesetzestext endete auf Seite 16. Das Blatt mit den Seiten 17 und 18 sowie die Seiten 21 bis 24 lagen vollbeschrieben vor ihm. Auf den Seiten 25 und 26 fügte sich daran im Buch die schon bekannte Eintragung der Frau Hürsch. Das Blatt mit den Seiten 19 und 20 fehlte aber nach wie vor.

Käfer konnte im ersten Text, der nicht vollständig war, den Namen *Agathe Muthspiel* entziffern, unter der zweiten Eintragung meinte er *Ernestine*

*Pregnitz, geb. Muthspiel* zu lesen, dann folgte noch ein Dienstzeugnis, unter dem *Beatrice Sokol* geschrieben war, wenn er sich nicht irrte. Käfer schaute auf die Uhr. Mittagszeit. Da mußte eigentlich die alte Frau Singer im ›Ech‹ anzutreffen sein.

»Grüß dich, Anna. Ist die Urgroßmutter da?«

»In der Küche, hat aber zu tun.«

»Bitte sage ihr, daß es dringend ist.«

Wieder saß die Hiasler Pep dicht neben ihm, sie roch nach gerösteten Zwiebeln. Auch sie schien aufgeregt zu sein. Lautlos bewegten sich ihre Lippen. Mehrmals schüttelte sie den Kopf, als wäre sie verärgert.

»Nichts wie Schlechtigkeit auf der Welt, Daniel. Magst hören?«

»Worauf warten Sie noch?«

»Immer mit der Ruhe. Dir läuft nichts davon, und der Mizzi ist es längst davongelaufen. Also, hör zu.

*Meine Lebenszeit neigt sich dem Ende zu, und es gilt Mannigfaches zu ordnen. Mit den Jahren ist mir Maria Käfer, meine Mizzi, ganz besonders ans Herz gewachsen, ja zur vertrauten Freundin geworden. Ich, Agathe Muthspiel, lebe als Witwe unter vielen Menschen, die mir Gesellschaft bieten, doch keine Nähe. Die Mizzi ist ein schlichter und gleichzeitig sehr gemüthvoller und einfühlsamer Mensch voller Sehnsüchte und Träume. Ich weiß, daß derlei nicht ins Dienstbotenbuch gehört, und doch soll es seinen Platz darin haben, um dem Folgenden Gewicht zu geben. Mein erklärter Wille ist es, Maria Käfer …*

Ja, und jetzt fehlen zwei Seiten.«

»Was ist die nächste Eintragung?«

»Die klingt schon anders, Daniel.

*Weil Frau Maria Käfer schon seit vielen Jahren in unserem Hause beschäftigt ist, haben wir ihren Dienstvertrag am 3. September 1912 erneuert. Heute, am 4. Februar 1913, ist anzumerken, daß Fräulein Käfer in einem nicht mehr erträglichen Ausmaße zu nervöser Hysterie neigte. Zudem war es uns auch trotz weitherziger Nachsicht nicht länger möglich, ihre ungehörigen Phantasien zu ertragen. Obwohl sich Fräulein Käfer im übrigen als anstellig und fleißig erwies, war eine Auflösung des Dienstvertrages mit heutigem Tage angebracht.*

*Ernestine Pregnitz, geb. Muthspiel, Bad Aussee, Obertressen.*

Ja, und dann dürfte die Mizzi erst einmal arbeitslos gewesen sein. Die nächste Eintragung betrifft die Zeit zwischen Juni 1920 und November 1921.

*Fräulein Maria Käfer war im angegebenen Zeit-*

*raum als Dienstbote im Haushalt tätig. Sie war häufig krank, litt an melancholischen Gemüthszuständen und zeigte dann wieder eine durch nichts begründete Hoffart. Wir wünschen Fräulein Käfer dennoch alles Gute. Beatrice Sokol, Bad Aussee, Lerchenreith.*

Ja, und 1928 ist sie dann zur Frau Hürsch gekommen, wie du weißt.«

»Elend und Hunger, in den vielen Jahren dazwischen.«

»Was sonst, Daniel. Ich muß wieder in die Küche.«

Käfer überlegte kurz. Zu beschönigen war nichts. Wenn er sein bisheriges Wissen an die Öffentlichkeit trug, gab es zumindest eine weitere Möglichkeit, mehr zu erfahren. Er spürte eine leichte Berührung am Arm.

»Traurig, Daniel?«

»Natürlich, Anna. Aber auch nicht überrascht. Daß die Mizzi ein erbärmliches Leben hatte, war abzusehen. Ich frage mich nur, was zwischen den zwei ersten Zeugnissen war. Erst liebevolle Zuwendung und dann hochmütige Kälte. Aber immer noch Muthspiel. Ich werde auch mit dem Schiller darüber reden.«

»Ob das gescheit ist?«

»Gescheit oder dumm. Vielleicht bringt es mich weiter. Aber jetzt erst einmal die *Alpenpost*.«

»Das nenn ich eine Geschichte, Herr Käfer. Und ich darf wirklich alles verwenden? Ich bring's noch in der jetzigen Ausgabe unter.«

»Ja, bestens. Nur auf den Tisch damit. Was werden Sie dazu schreiben?«

»Nicht viel. Ich halte mich einfach an die Tatsachen, stelle Sie als prominenten Kollegen vor, der im Traumland seiner Kindheit in eine düstere Familiengeschichte geraten ist.«

»Nicht zu dramatisch, wenn ich bitten darf.«

»Haben Sie schon einmal einen dramatischen Ausseer gesehen?«

Stadler hob den Kopf und schaute zur Tür. »Respekt, Herr Schiller! Welch Glanz in meiner Hütte.«

»Brauchen Sie schon wieder Geld, Herr Stadler, weil Sie so freundlich sind?«

»Ich möchte nicht aufdringlich sein. Wenn Sie mir unbedingt helfen wollen, bin ich natürlich für jede Zuwendung dankbar. Aber was führt Sie sonst noch zu mir?«

»Das Auto des Herrn Käfer vor dem Kammerhof. Man kann so einen Menschen einfach nicht allein lassen.«

»Warum nicht?«

»Lernen Sie Geschichte, Herr Redakteur!«

»Kenn ich von wo.«

»Kreisky. Aber darum geht es nicht. Was führt Sie zur *Alpenpost*, Herr Käfer?«

»Das hier. Möchten Sie es lesen?«

»Wenn ich darf?«

Schiller griff nach den Blättern aus dem Dienstbotenbuch, las gründlich, legte die Papiere mit ruhiger Hand auf den Tisch und schaute richtig vergnügt drein.

»So haben denn Sie, Herr Käfer, und ich eine gemeinsame Heimatadresse gefunden. Seien Sie mir herzlich willkommen! Was werden Sie unternehmen?«

»Nicht viel. In der *Alpenpost* wird eine entsprechende Geschichte erscheinen. Vielleicht gibt es eine Reaktion darauf.«

»Der Ritter ohne Furcht und Tadel durchmißt mit offenem Visier das Feindesland.«

»Ich erkenne keine Feinde.«

»Um so besser. Ich muß gehen. Mich rufen dringende Geschäfte. Aber ich will Ihnen helfen, verehrter Mitstreiter. Begeben Sie sich morgen gegen neun zum ›Lewandofsky‹. Nicht in den Garten, sondern ins Lokal.«

»Und was soll ich dort?«

»Vorne im Nichtraucherbereich sitzt ein unwürdiger Greis mit Buckel und Glatze. Suchen Sie das Gespräch mit ihm, auch wenn es wenig Genuß verspricht.«

»Meinetwegen. Aber warum?«

»Der Alte trägt einen amüsanten Familiennamen.«

»So? Welchen denn?«

»Muthspiel.«

Abend, endlich. Käfer hatte einen unruhigen Nachmittag hinter sich gebracht. Ein Anruf in der Kanzlei seines Bruders. Nein, was diese Mizzi beträfe, sei nichts Neues ans Licht gekommen. Aber das Gespräch wegen der Abfertigung habe stattgefunden, mit einem durchwegs erfreulichen Ergebnis. Mir egal, Heinz. So, da kämpft man wie ein Löwe und dann... Entschuldige. Aber das Dienstbotenbuch, die gefundenen Seiten. Tja..., das klingt nach Testament, Daniel! Wenn du Beistand brauchst... Ach wo. Danke aber.

Viel zuviel Kaffee dann beim ›Lewandofsky‹, ein Bier hinterher zur Beruhigung, die Bank im Kurpark, aber nur für ein paar Minuten, zielloses Streunen durch den Ort, vor Schaufenstern stehen, ohne irgend etwas darin wahrzunehmen.

Endlich Abend. Der kleine Frauenkopf lag noch

immer auf dem Tisch. Käfer hob den ovalen Karton vom Boden auf und befestigte ihn an der Rückseite. In Frau Schlömmers Küche hatte er Schnaps und Bier getrunken, bis ihr Mann ihm zu verstehen gab, daß er in einer Küche und nicht in einem Wirtshaus säße. Frau Schlömmer war ärgerlich geworden, und am Ende saß sie allein da, weil beide Männer das Weite gesucht hatten.

Gute Nacht, Frau Agathe, murmelte Käfer und berührte das ovale Glas.

## 22

Noch vor Sonnenaufgang wachte er auf. Er hatte wild und gewalttätig geträumt und konnte sich nur schwer davon lösen. Außerdem lag etwas in der Luft, das ihm angst machte. Der Geruch war es, Gestank eigentlich. So roch nur Aas. Käfer machte Licht. Er brauchte nicht lange zu suchen. Unter dem kleinen Tisch lag eine halbverweste Ratte. Er nahm zwei Papiertaschentücher, hob den Kadaver auf und warf ihn aus dem Fenster. Schlafen konnte er nicht mehr.

Als Käfer das Haus verließ, sah er Hubert Schlömmer vor seinem Auto stehen.

»Guten Morgen, Herr Schlömmer.«

Keine Antwort. »Danke, sehr freundlich. Interessiert Sie mein Auto?«

»Der Kübel? Nein.«

»Und warum stehen Sie dann da?« Käfer zog das verdreckte Seidentuch, das ihn am Starten gehindert hatte, aus der Hosentasche. »Kommt Ihnen das bekannt vor.«

»Ja.«

»Also waren Sie das mit dem Auspuff?«

»Nein.«

»Jetzt sagen Sie einmal: Wollen Sie mich blöd sterben lassen?«

»Paßt ja zum blöd Leben.«

»Ja, verdammt noch einmal!«

Käfer holte tief Luft, dann hörte er sich brüllen. »Hat dir dein eigener Schnaps das Hirn verblasen, du sturer Bock? Rutsch mir den Buckel hinunter mit deiner Bosheit, Zwiderwurzen, elendige.«

Hubert Schlömmer hob die rechte Hand hinter den Kopf und schob den Hut ein winziges Stück nach vorn über die Stirn. »Das klingt schon besser.«

»Wie? Was?«

Schlömmer gab Käfer einen Stoß, der ihn gegen sein Auto taumeln ließ. »Du darfst dir nichts gefallen lassen. Von niemand.« Er tippte an die Hutkrempe und ging.

Um neun sperrte der ›Lewandofsky‹ auf. Zehn Minuten später war Käfer dort. Er hob gerade die Kaffeetasse zum Mund, als ein alter Mann eintrat, Platz nahm, mit der rechten Hand über seine Glatze strich und andeutungsweise nickte, als unaufgefordert eine Tasse Tee auf den Tisch vor ihn gestellt wurde. Der Mann schlug ein Buch auf, das er mitgebracht hatte, und begann darin zu lesen.

Käfer wartete geduldig. Nach einiger Zeit legte sein Gegenüber das Buch zur Seite, warf einen griesgrämigen Blick um sich und beschäftigte sich wieder mit seiner Glatze. Käfer stand auf und ging zu ihm.

»Herr Muthspiel, wenn ich nicht irre. Bitte entschuldigen Sie die Störung.«

»Nein.«

»Was nein?«

»Ich entschuldige nicht.«

»Und wenn ich Ihnen sage, daß meine Urgroßtante bei den Muthspiels als Dienstbotin beschäftigt war?«

»Dienstbote hat das damals geheißen, und der Rest interessiert mich nicht.«

Käfer legte das blaue Heft auf den Tisch und schlug es auf. Der Alte schaute erst nicht hin, nahm dann aber doch die losen Blätter darin wie beiläufig zur Hand.

»Agathe, das Seelchen. Ernestine, das Biest. Die Muthspiels waren keine Menschen. Pappfiguren in einer aufgeblasenen Inszenierung. Noch was?«

Käfer hatte es gewagt, sich an den Tisch zu setzen.

»Und Sie, Herr Muthspiel?«

»Dreck, Schrott, Abfall. Strandgut zahlloser Schiffbrüche.«

»Ich verstehe Ihre Verbitterung. Die verfallene Villa, der verwilderte Park.«

»Da sollen sich die Erben die Schädel einschlagen oder die Aasgeier die Augen aushacken. Bin keiner von denen.«

»Es soll ja jetzt verkauft werden.«

»Endlich. Vielleicht verschwindet dann dieses Denkmal hohler Dekadenz.«

»Diese Agathe Muthspiel wollte offenbar meiner Vorfahrin was Gutes tun.«

»War so ihre unglückselige Art.«

»Und die späteren Muthspiels?«

»Lumpenpack, Verbrecher, Versager.«

»Es scheint so, als habe sich meine Tante das Leben genommen, verwirrt und traurig soll sie die Jahre zuvor gewesen sein.«

»Wundert mich nicht. Und Sie? Warum sitzen Sie im Kaffeehaus an einem Werktag?«

»Freigestellt. Früher Chefredakteur des *IQ* gewesen.«

Ein Funke Interesse blitzte in den Augen des alten Muthspiel auf. »So? War eine Spur weniger schlecht als der restliche Mist, das Blatt. Was werden Sie machen?«

»Erst einmal herausfinden, was mit meiner Urgroßtante los war.«

»Idiotisch.«

»Wie Sie meinen. Danke jedenfalls für das Gespräch.«

»Von Worten habe ich nichts. Bezahlen Sie meinen Tee, und machen Sie, daß Sie weiterkommen.«

Auch tags darauf war Käfer entschlossen, keine Möglichkeit ungenutzt zu lassen, und begab sich ins Bezirksgericht, um dort in das Grundbuch Einsicht zu nehmen.

»Schon wieder die Muthspiel-Villa? Wird ja direkt Mode in letzter Zeit«, merkte der Beamte unwillig an, stellte dann aber doch die erwünschten Informationen zur Verfügung. Nach Agathe Muthspiel waren wieder Mitglieder der Familie als Eigentümer ausgewiesen. Die darauf Folgenden hatten allerdings andere Namen, die rasch wechselten. Zahlreiche Hypotheken und andere Belastungen waren eingetragen. Erst seit wenigen Jahren schienen nur noch zwei Eigentümer auf, mit deren Namen Käfer aber nichts anfangen konnte.

Er war nicht überrascht und schon gar nicht erfreut, vor der Tür des Bezirksgerichtes auf Eustach Schiller zu treffen.

»Herr Schiller, mein Getreuester, schon wieder?«

»Sie sollten mir immer sagen, was Sie zu tun gedenken. Das Grundbuch war vertane Zeit. Ich kenne die betreffenden Auszüge natürlich.«

»Wer sind die aktuellen Eigentümer?«

»Spekulanten der übelsten Sorte. Somit berechenbar. Nahezu ideale Geschäftspartner.«

»Sie werden doch nicht kaufen wollen.«

»Ängstigt Sie dieser Gedanke?«

»Ich wüßte nicht, warum.«

»Dann fragen Sie nicht so naseweis.«

»Könnten Sie mir nicht einfach klar und vernünftig sagen, was Sie zu meinem ständigen Begleiter macht? Ich komme mit einem Schatten aus.«

»Klare Vernunft ist unmenschlich.«

»Was wäre dann menschlich?«

»Bezauberndes Irresein, umwerfende Tollheit.«

»Sie sind in eine Schmierenkomödie geraten, und Sie spielen nicht einmal gut.«

»Dann sparen Sie sich eben den Applaus.«

»Wäre es zuviel verlangt, wenn ich Sie bitte, in Zukunft meine Kreise nicht mehr zu stören?«

»Ja. Es ist zuviel verlangt. – In welche Richtung werden Sie jetzt gehen?«

»Ich halte es mit Polgar: in die entgegengesetzte.«

»Peter, mein Freund, schon lange nicht gesehen!« Käfer hatte den Buben im ›Ech‹ vor einem Teller mit Nudeln und Ketchup angetroffen.

»Du hast ja dauernd was Wichtiges zu tun.«

»Stimmt schon. Die Sache mit der Mizzi.«

»Weiß ich.«

»Wo könnte das noch fehlende Blatt aus dem Dienstbotenbuch sein?«

»Was weiß ich. Vielleicht in der Muthspiel-Villa? Im Keller haben wir beim Spielen ein Regal mit dicken Heftmappen gesehen.«

»Da schau her. Was hast du nachmittags vor, Peter?«

»Mit einem Freund am Ziegelbach einen Damm bauen. Dann haben wir einen Badeteich.«

»Das ist natürlich eine wichtige Sache. Aber was hältst du davon, wenn ich dich nachher abhole, gegen Abend?«

»Was tun?«

»Vielleicht wagen wir zwei eine Expedition in den Muthspiel-Park? Operation Keller?«

»Ob das dem Schiller recht ist?«

»Auf den wird geschissen. Entschuldige Peter. Aber ich habe allerhand Ärger hinter mir heute.«

»Wird noch mehr werden.«

»Wie meinst du das?«

»Reden tun sie über dich.«

»Wer und was?«

»Der Stammtisch, zum Beispiel. Einer wie dieser Käfer hat uns gerade noch gefehlt in Aussee, sagen sie.«

»Aha. Das halte ich grad noch aus. Wie wär's so um sechs?«

»Wird sich ausgehen.«

Daniel Käfer startete sein Auto und fuhr langsam los. Es zog ihn nach Praunfalk, Mizzis Welt, als sie, alt geworden, noch einmal jemanden gefunden hatte, der sie mochte und für sie sorgte. Vielleicht traf er auch Frau Hürsch an und konnte ein paar Worte mit ihr reden.

Sie stand auf einem Balkon im ersten Stock ihrer Villa und winkte. »Hallo, Herr Käfer! Warten Sie, ich komme zu Ihnen hinunter.«

Wenig später stand sie neben ihm. Sie trug weiße Jeans und eine helle Bluse, wirkte jünger.

»Macht es Ihnen was aus, mich in Ihrer Ente mitzunehmen? So ein Auto war schon immer mein Traum.«

»Aber gern! Wohin?«

»Irgendwohin. Nach Altaussee vielleicht?«

Sie stieg ein und klappte das Seitenfenster hinauf.

»Vorsicht, Frau Hürsch. Das fällt manchmal unversehens zu.«

»Weiß ich. Mein Bruder ist als junger Mann mit so etwas gefahren. Darf ich undamenhaft neugierig sein?«

»Ach so, Sie reden vom Koffer. Kein weltbewegender Inhalt, oder doch. Kleidungsstücke, Zeitschriften und das da.«

Er gab ihr das Dienstbotenbuch.

»Die losen Blätter waren hinter einem kleinen Relief versteckt, das ich von meiner Großmutter bekommen habe.«

»Ja, eine Geheimniskrämerin soll sie gewesen sein, die Mizzi.«

Frau Hürsch las aufmerksam.

»Sie können Kurrent entziffern?«

»So einigermaßen. Mein Großvater hat mir ein Tagebuch hinterlassen. Um das lesen zu können, bin ich eben ein zweites Mal unter die Abc-Schützen gegangen. Blöder Ausdruck, nicht wahr? Irgendwie militärisch. Hm. In der Villa Muthspiel ist sie also beschäftigt gewesen, die Mizzi.«

»Wissen Sie Näheres über diese Familie?«

»Ja und nein. Die waren auch für uns immer über den Wolken. Haben residiert, hofgehalten, Geldadel eben. – Wie ist denn Ihre Ente am Berg?«

»Nicht so berühmt. Wenn's grimmig wird, bleibt immer noch der Rückwärtsgang.«

»Auf den werden wir verzichten können, denke ich. Biegen Sie hier links ab, bitte. Wir fahren zum Fuchsbauer hinauf. War früher ein Ausflugswirtshaus. Den herrlichen Blick über den See gibt es noch immer.«

»Habe ich zuviel versprochen?« Frau Hürsch holte tief Luft. »Ein Paradies, man kann's nicht anders nennen. Als Mädchen war ich oft mit dem Segelboot draußen. Da hat es die Bootsvermietung Madlmaier noch gegeben. Aber die Fallwinde machen einem zu schaffen. So richtig aufkreuzen ist kaum möglich. Es geht im Kreis, und dann ist man schnell einmal gekentert.«

»Über meine seemännischen Erfahrungen möchte ich lieber schweigen.«

»Warum?«

»Fragen Sie die Anna, bei Gelegenheit. Darf ich noch mehr zur Familie Muthspiel erfahren?«

»Gern. Aber nehmen Sie es cum grano salis. Es wird wohl eine Mischung aus Wahrheit, Gerüchten und Phantasie gewesen sein, was da weitererzählt wurde. Als die Agathe Muthspiel in der Villa wohnte, war die glanzvollste Zeit offenbar schon vorbei. Kinder waren keine da, und die Verwandtschaft hat schon um das Erbe gestritten, als die Agathe noch lebte. Was dann kam, hat den Stil einer griechischen Tragödie, wenn auch nicht das Format. Georg und Ernestine, die letztlich erbten, waren ein bizarres Paar. Sie, eine Muthspiel, in der sich alle negativen Eigenschaften ihrer Vorfahren konzentrierten: Herrschsucht, Habgier, Kälte. Er ein Glücksritter, Trinker und Spieler. Es war die Rede davon, daß er sich bei einer seiner häufigen Amouren körperlich verausgabt habe und einem Herzschlag erlegen sein soll. Hübscher Tod, immerhin.«

»Also bitte, Frau Hürsch!«

»Was wollen Sie? Mein Kater selig, der Sokrates, hat das auch geschafft.«

»Beneidenswertes Tier. Und was war weiter mit dieser Ernestine?«

»Die haben Neid und Geiz elendig zugrunde gehen lassen. Am Ende soll sie wie eine Bettlerin gelebt haben. Verwandte konnten dann ihre Entmündigung durchsetzen und die Villa verkaufen. – Um auf dieses Dienstbotenbuch zurückzukommen: Sie haben natürlich bemerkt, daß noch immer zwei Seiten fehlen?«

»Ja. Und ich möchte nur zu gerne wissen, was darauf geschrieben steht. Könnte so etwas wie ein Testament sein, sagt mein Bruder.«

»Hm, meine ich auch. Und so gesehen, erscheinen mir die krausen Erzählungen Ihrer Urgroßtante in einem völlig neuen Licht.«

## 23

Pünktlich um sechs bremste Käfer vor dem Gasthaus ›Zum Ech‹. Peter wartete schon.

»Ich habe eine Taschenlampe eingesteckt.«

»Du weißt eben, wie man so etwas angeht.«

»Wir müssen über Altaussee nach Obertressen fahren. Da geht es nicht so steil hinauf.«

»Du bist der Fachmann, Peter. Was macht der Staudamm?«

»Pfundiger Bau. Am Schluß haben wir noch Dammbruch gespielt, mit Überschwemmung.«

»Da wäre ich gern dabeigewesen. Also fahren wir.«

»Da schau her!« Peter war vor der Allee stehengeblieben. Die Absperrkette lag nicht mehr auf dem Boden. Jemand hatte sie mit Draht geflickt und wieder über den Weg gespannt.

»Vielleicht gibt es schon einen Käufer, Peter?«

»Am Stammtisch sagen sie nein.«

»Also los!«

Peter, der vorangelaufen war, blieb stehen und drehte sich nach Käfer um. »Was ist? Warum gehst du so langsam?«

»Ich denke darüber nach, ob auch die Mizzi hier gegangen ist, vor fast schon hundert Jahren. Wahrscheinlich nicht, weil die Allee wohl den Herrschaften und ihren Gästen vorbehalten war. Die Dienstboten werden ihre diskreten Seitenwege benutzt haben.«

»Ist jetzt egal. Komm weiter, damit wir es bald hinter uns haben.«

»Angst, Peter?«

»Aber geh!«

»Hier, an der Rückseite von der Villa, steht ein Kellerfenster offen.«

Peter griff zu seiner Taschenlampe. »Du wartest heraußen und rufst mich, wenn wer kommt. Alles klar?«

Käfer nickte.

Peter ging durch hohes Gras auf das Fenster zu. Plötzlich schrie er auf und krümmte sich zu Boden. Käfer rannte zu ihm. »Um Himmels willen, was ist?«

Peter gab keine Antwort. Sein Gesicht war weiß und naß von Tränen, die Lippen zitterten. Mit beiden Händen griff er nach seinem rechten Bein. Käfer bog das Gras zur Seite und sah zwei halbrunde Metallbügel, deren Zähne in Peters Unterschenkel steckten.

»Verdammt! Ein Fuchseisen. Ich versuch's zu öffnen.«

Mit nervösen Fingern probierte Käfer herum. Dann zwang er sich zur Ruhe.

»Dieser Hebel da muß es sein. Geht verflucht schwer. So.«

Die Metallbügel sprangen auf, Peter zog das Bein heraus und schob die Hose hoch. Er blutete, doch nicht stark.

»Kannst du gehen, Peter?«

Der Bub versuchte einen Schritt zu machen und stöhnte auf.

»Wenn ich dich zum Auto trage – hältst du das aus?«

Peter nickte.

Käfer hatte einige Mühe, den Weg durch die Allee zu bewältigen. Aber es mußte einfach sein. Keuchend setzte er Peter auf den Beifahrersitz.

»Große Schmerzen?«

»Ja, ziemlich.«

»Das Spital ist noch dort, wo es früher war?«

Peter nickte stumm.

»Es hat keinen Sinn, wenn Sie noch länger hierbleiben. Der Bub ist versorgt und soll jetzt einmal schlafen.«

Der Arzt schaute Käfer forschend an. »Natürlich mußten wir den Fall zur Anzeige bringen. Was hatten Sie nur bei der Muthspiel-Villa zu suchen?«

»Eine lange Geschichte. Am besten geh ich wohl gleich zur Gendarmerie. Wo ist denn das Wachzimmer?«

»Altausseer Straße 362. Ein neues Haus, nach der Brücke auf der linken Seite.«

»Ah ja. Wann darf ich wiederkommen?«

»Wir behalten den Peter auf jeden Fall bis morgen hier. Also am Vormittag ab neun.«

»Gut. Und danke für alles.«

»Sie haben den Buben also auf die Idee gebracht, dort herumzustöbern?«

»Ja, Herr Inspektor. Unverantwortlich, ich weiß.«

»Möglicherweise auch strafbar. Aber den Kopf wird es schon nicht kosten. Und das Aufstellen einer solchen Falle ist natürlich erst recht verboten. Jäger tun so was jedenfalls nicht. Wir gehen der Sache nach.«

»Vielleicht war ich das Wild?«

»Und wer kommt auf die Idee, Ihnen eine Falle zu stellen?«

»Ja, wer?«

»Sind Sie schon öfter bei der Villa gewesen?«

»Vor ein paar Tagen war ich zum ersten Mal dort. Damals gab's auch ein Zusammentreffen mit Herrn Schiller.«

»Wundert mich nicht. Im Muthspiel-Park ist er oft und gern. Wie stehen Sie denn zu ihm?«

»Gut, wenn man davon absieht, daß er ganz schön lästig werden kann. Aber ein Fuchseisen paßt nicht zu ihm.«

»Das will ich meinen, Herr Käfer. Bleiben Sie noch bei der Frau Schlömmer?«

»Ein paar Tage sicher noch, oder auch länger. Das heißt, wenn mich der Herr Schlömmer läßt.«

»Ja, der...«

»Was ist mit ihm?«

»Das wüßte ich selber gern. Sind S' halt vorsichtig. Und keine solchen Aktionen mehr, wenn ich bitten darf.«

»Geht in Ordnung, Herr Inspektor.«

Käfer hatte Hunger, aber keine Lust, ins Wirtshaus zu gehen, schon gar nicht in den ›Ech‹. Er hatte natürlich dort angerufen. Peters Vater hatte ihm keine bösen Vorwürfe gemacht. Trotzdem...

Vielleicht konnte er in Frau Schlömmers Küche Zuschlupf finden?

So war es dann auch.

»Der arme Peter. Auf eine derart dumme Idee kann aber wirklich nur ein Mann kommen!«

»Sie sagen es.«

»Und im ›Ech‹ waren Sie auch nicht heute abend. Der Max hat schon nachgefragt, wo Sie bleiben. Feig auch noch.«

»Sieht ganz danach aus.«

»Haben Sie denn keinen Hunger?«

»Doch, schon.«

»So, Sie Held.«

Käfer schaute verlegen auf das dick belegte Käsebrot vor sich, daneben stand eine Flasche Bier.

Frau Schlömmer ließ ihn geduldig essen und trinken. Dann räumte sie das Geschirr weg und holte Schnaps und Gläser aus der Kredenz.

»Was haben Sie denn mit dem Hubert angestellt, heute in der Früh?«

»Ich? Warum?«

»Weil er auf einmal nichts mehr hat gegen Sie.«

»Vielleicht tut er nur so?«

»Der nicht. Soweit kenn ich ihn. Und wie geht's morgen weiter?«

»Erst ins Spital und dann nötigenfalls mit dem Kopf durch die Wand. Jetzt will ich's wissen.«

»Leichtsinnig, feig und stur. Das paßt zusammen.«

»Und Sie ertragen mich immer noch in Ihrer Küche?«

»Da stellen Sie wenigstens nichts an. Leider.«

Käfer schaute Frau Schlömmer überrascht ins Gesicht. Sie lächelte und hob ihr Glas.

»Prost, mein Lieber!«

Am folgenden Morgen redete sich Käfer ein, daß er nur deshalb auf das Frühstück im ›Ech‹ verzichtete, weil er es eilig hatte, ins Spital zu kommen.

Peter war wach und grinste, als er den Besucher erblickte.

»Zu Mittag darf ich heim.«

»Aber weh tut's noch?«

»Schon. Genäht bin ich auch worden.«

»Bist du mir böse?«

»Nein.«

»Und Freunde bleiben wir auch?«

»Klar.«

»Herr Kollege! Sie kommen gerade recht.« Herbert Stadler reichte die neueste Ausgabe der *Alpenpost* über den Tisch.

»Seit heute früh im Handel. Alles über unseren prominenten Sommergast und seine geheimnisumwitterte Urgroßtante.«

Käfer überflog die Geschichte.

»Brillant, Herr Redakteur! Kann ich die haben?«

»Auch mehrere Exemplare, wenn Sie wollen. Übrigens rumort es im Ort. Ihre Beziehung zur Villa Muthspiel wird von manchen nicht so gern gesehen.«

»Vom wem zum Beispiel?«

»Redaktionsgeheimnis. Sie können übermorgen weg sein. Ich muß aber noch ein paar Jahre mit den Leuten auskommen.«

»Verstehe.«

»Und wohin jetzt?«

»Ins Meldeamt. Denen mach ich Feuer unterm Hintern.«

»Aber! Wer wird sich denn die Finger verbrennen?«

»Sie schon wieder?« Der Beamte hob unwillig den Kopf.

»Ich sollte ja nachfragen, nicht wahr?«

»Ja, irgendwann.«

»Und wann ist das?«

»Keine Ahnung. Aber nicht so bald.«

»Hat dieser Herr Rastl wenigstens schon angefangen zu suchen?«

»Glaub ich nicht.«

»Und warum nicht?«

»Fragen Sie ihn halt.«

»Den Teufel werd ich tun. Sie sitzen da, leben von Steuergeld und sind verpflichtet, mir zu helfen. Also was ist?«

»Ja, das ist so. Der Rastl sucht Tag und Nacht. Aber finden wird er wohl nichts. Ist ja auch viel weggeworfen worden, weil keine Aufbewahrungspflicht mehr besteht. Keine Pflicht. Verstehen Sie?«

»Und ob. Wann hat der Bürgermeister Sprechstunde?«

»Selten.«

»Danke, vielen Dank.«

»Gern geschehen.«

Käfer war wütend und ging mit raschen Schritten durch den Ort. Im Kurpark blieb er am Traunufer stehen und starrte auf das Wasser. Dann mußte er grinsen. Du führst dich auf wie ein Idiot, Daniel, sprach er unhörbar zu sich. Ruhig Blut, sonst erreichst du gar nichts. Warum stand übrigens nicht schon längst dieser Schiller neben ihm? Unsinn. Statt sich darüber zu freuen, in Frieden gelassen zu werden, vermißte er diesen Menschen.

Aber Sabine fehlte ihm wirklich. Mit ihr hätte er in aller Ruhe reden können. Andererseits brächte sie wohl kaum Verständnis dafür auf, daß er sich hier Probleme schuf, die ihn nicht weiterbrachten.

Und die Geschichte mit dem Peter... Von der drohenden Falle hatte er nichts wissen können. Aber war es nicht auch gefährlich, sich im Keller eines Hauses aufzuhalten, in dem Decken und Fußböden durchbrachen? Generell war es ein Fehler gewesen, sich treiben zu lassen, statt angemessen zu reagieren und zu agieren.

Ruhiger geworden, nahm Käfer das Plätschern der Traun wahr und den frischen Geruch, der vom Wasser her zu ihm aufstieg. Es war schwer zu beschreiben: nasse Steine, Moos, ein Hauch von Fisch.

»Sie wollten mit mir reden?«

Käfer schrak zusammen und sah dann einen stattlichen Mann um die Fünfzig neben sich stehen. »Mit wem habe ich die Ehre?«

»Hans Stocker. Ich bin der Bürgermeister. Freut uns, daß Sie im Ausseerland sind.«

»Wirklich?«

»Und ob. Unser Herr Schiller hat mir viel von Ihnen erzählt. Endlich wieder einer, mit dem man reden, spintisieren und spiegelfechten kann... Er ist richtig ins Schwärmen gekommen.«

»Das sieht ihm ähnlich.«

»Und Ihre Nachforschungen, was das Schicksal Ihrer Urgroßtante angeht, will er nach Kräften unterstützen.«

»Ganz im Gegensatz zur Gemeinde.«

»Da tun Sie uns unrecht. Aber drängen dürfen Sie niemand. Hochinteressante Geschichte übrigens in der *Alpenpost*. Und Sie glauben wirklich, daß diese Maria Käfer etwas geerbt haben könnte?«

»Ich glaube gar nichts. Aber ich würde es gern wissen.«

»Die Muthspiel-Villa hat noch keinem Glück gebracht. Fragen Sie doch den Herrn Schiller.«

»Ich werde mich hüten.«

## 24

»Du, Anna...«

»Was ist?«

»Das Dienstbotenbuch. Ich habe es gestern in meinem Zimmer auf dem Tisch liegengelassen. Am Abend komme ich zurück und finde es nicht mehr.«

»Vielleicht hat's die Schlömmer Mirz verräumt?«

»Sie sagt nein.«

»Und eingesteckt hast du es nicht?«

»Schon alles durchsucht. Das Auto übrigens auch.«

»Jetzt iß erst einmal dein Frühstück. Dann geht's dir besser.«

»Mir geht es nicht einmal schlecht. Ich bin schon

sehr froh, daß ich überhaupt noch hier sitzen darf. Der Peter schläft noch?«

»Wahrscheinlich. Er spielt den tapferen Mann, und wehleidig ist er ja wirklich nicht. Aber der Schock macht ihm zu schaffen.«

»Mir auch, Anna. Bis gestern war die Sache mit der Mizzi ein dunkelblaues Rätsel, mehr nicht. Und jetzt ist auf einmal Gewalt im Spiel.«

»Das Fuchseisen muß ja nichts mit dir zu tun haben.«

»Muß nicht, aber kann. Ich habe dir noch nicht erzählt, daß jemand den Auspuff meines Autos mit einem Tuch verstopft hat. Und dann ist eine tote Ratte im Zimmer gelegen. Weiß der Teufel, was das alles soll, aber ich bin ins Ausseerland gekommen, um Ruhe zu finden. Weißt du was? Am liebsten würde ich die ganze Sache im ungewissen lassen. Was kümmert es mich, ob die Mizzi geerbt hat oder nicht. Ich weiß inzwischen genug von ihr, um mir ein Bild machen zu können, und liebgewonnen hab ich sie auch. Genügt doch eigentlich.«

Anna betrachtete ihren Gast schweigend. Dann stand sie auf und ging in die Küche.

Käfer war traurig, aber es tat nicht weh. Na gut, dann eben Abschied. Von der Mizzi jedenfalls, vielleicht auch bald vom Ausseerland.

Aber er wollte sich Zeit damit lassen. Er ging durch den Schwabenwald in den Ort hinunter und dachte an seinen Kinderfreund, den Toni. Das Erwachsenwerden hast du dir noch nie überlegt? Hatte er ihn gefragt. Jetzt war Käfer dabei, erwachsen zu werden, sich zu lösen von den Kittelfalten, von den alten Bildern.

Vor dem Postamt wartete er lange auf den Autobus nach Altaussee, wie er es auch als Kind oft getan hatte, und wunderte sich dann darüber, wie bequem und modern dieses Verkehrsmittel geworden war. Bei der ›Scheichlmühle‹ stieg er aus und folgte dem Traunufer bis zum Stein, mit dem alles angefangen hatte. Regen und Erde hatten die freigelegte Schrift schon wieder verwischt. Der Stein war nicht groß. Käfer konnte ihn aus dem Ufersand lösen. Er hob ihn hoch, schaute ihn lange an, watete in tieferes Wasser und legte ihn mit der Schrift nach unten in die Traun. Lassen wir es gut sein, murmelte er und wandte sich dem Ufer zu.

Dort stand Eustach Schiller, dem es gelang, in kurzen Lederhosen, grünen Stutzen und weißem Hemd überaus lächerlich zu wirken.

»Sie entschuldigen schon, Herr Käfer. Ich konnte im Autobus unbemerkt hinter Ihnen Platz nehmen. Nie würde ich mich erkühnen, das einen Zufall zu nennen.«

»Und dann sind Sie mir nachgestiegen?«

»Wie ein kindischer Gnom. Es ist doch wirklich ein Jammer mit mir.«

Jetzt stand Käfer wieder am Ufer. »Und was wollen Sie hier?«

»Mit Ihnen reden. Nur eben nicht klar und vernünftig.«

»Was soll das bringen?«

»Ausgleich und Harmonie, mein Guter. Setzen wir uns?«

»Meinetwegen. Fahren Sie fort.«

»Die Anna hat mit mir geredet. Ich verehre diese unschuldsvolle Hexe zutiefst, wie Sie wissen.«

»Ja und?«

»Sie hat mir erzählt, was Ihnen so zugestoßen ist. Und dem Peter. Haben Sie Oscar Wilde gelesen?«

»Welche Frage!«

»Dann kennen Sie vielleicht auch das Märchen vom selbstsüchtigen Riesen. Die Kinder spielten ungestört in seinem Garten, weil er sieben Jahre bei einem Freund auf Besuch war, einem Menschenfresser in Cornwall.«

»Ich erinnere mich so ungefähr.«

»Als der Riese heimkehrte, sprach er einen Satz, der von mir stammen könnte: *Mein eigener Garten ist mein eigener Garten. Das wird jeder einsehen, und ich erlaube keinem, darin zu spielen, außer mir selber.*«

»Weiter im Text, Herr Riese.«

»Weil die Kinder nicht mehr im Garten spielten, blieb es immer Winter dort. Erst als sie durch ein Loch in der Mauer eindrangen, kam mit ihnen der Frühling. Doch sie rannten davon, als der Riese sich näherte. Nur ein Bub blieb, weil seine Augen blind vor Tränen waren. So blühte der Garten wieder, der Riese war gut geworden, und alle waren glücklich.

Übrigens habe ich mir erlaubt, das Märchen durch die Kindheit des Riesen zu ergänzen. Er hatte keine. Sie wurde ihm nicht gestattet. Er war schon immer groß und einsam und erschreckend gewesen. Wenn er versuchte zu spielen, zerbrach er, was ihm in die Finger kam. Wenn er lachte, wehte sein Atem die Häuser ins Meer, und wenn er weinte, ersäufte er mit seinen Tränen Schmetterlinge und Käfer. So hat er es eben aufgegeben. Und auf der hoffnungslosen Suche nach seiner Kindheit ist er trotzig, eifersüchtig und grausam geworden.«

»Mich würde dennoch das Vorstrafenregister des Riesen im Detail interessieren.«

»Sagen wir, er hat eine Mauer gebaut, mit Steinen, die ihm nicht gehörten, um einen Garten, der nicht der seine war. Und die Mauer macht er nun dem Erdboden gleich.«

»Sie haben Angst, die Dinge beim Namen zu nennen.«

»Wie geht es dem Peter?«

»Er ist wieder zu Hause. Schmerzen hat er.«

»Ich möchte Sie zum Komplizen machen, Herr Käfer.«

»Ich verstehe nicht.«

»Das zwingt mich dazu, unangenehm konkret zu werden.«

Schiller griff neben sich ins Gras. Dann überreichte er Käfer ein schmales Heft.

»Ein Sparbuch, lautend auf den Namen Peter Hopfer. Wir wollen ihm die Kindheit nicht durch Geld verderben. Die Summe ist nicht unbeträchtlich. Sehen Sie selbst.«

Käfer schlug das Sparbuch auf und ließ einen leisen Pfiff hören.

»Paßt zu einem Riesen. Das muß ich zugeben.«

»Nehmen Sie es bitte in Verwahrung. Es ist auf fünf Jahre gebunden, damit es ordentlich Zinsen trägt. Dann bitte ich Sie, den Betrag zu übergeben.«

»Mit welchem Kommentar?«

»Das sei Ihnen überlassen. Klar und vernünftig würde mich allerdings kränken. Wie geht es jetzt mit Ihrer Urgroßtante weiter?«

»Ich weiß nicht. War gerade dabei, mich von ihr und der Erinnerung an sie zu lösen.«

»Und ihr Erbe?«

»Hat sie nicht antreten können, wenn es überhaupt eines war.«

»Und Sie, Herr Käfer? Vielleicht bestehen Ansprüche, wenn schon keine rechtlich durchsetzbaren, dann doch moralische?«

»Nichts ist mir gleichgültiger.«

»Dann muß ich mich entschuldigen.«

»Wofür?«

»Ich habe Sie falsch eingeschätzt. In der panischen Angst um den Garten meiner Träume sah ich nur noch bedrohliche Gespenster.«

»Und werden Sie ihn nun endlich kaufen können, den Garten?«

»Lachen Sie mich nicht aus. Ich will ihn nicht mehr.«

»Vielleicht sollten Sie ihn aber wollen?«

»Wie das?«

»Ich könnte mir keinen denken, der sensibler und klüger mit diesem Areal umgeht als Sie.«

»Sie beschämen mich.«

»War nicht meine Absicht, aber es soll mir recht sein.«

Wieder in Aussee, ging Käfer zur Volksbank und

mietete dort ein Tresorfach, um Peters Sparbuch zu verwahren. Ob dieser Schiller das Dienstbotenbuch gestohlen hat? Das Haus war ja immer unversperrt. Gleichgültig. Käfer fühlte sich wohl, weil er spürte, daß Friede eingekehrt war. Er nahm den nächsten Bus nach Grundlsee, warf einen prüfenden Blick himmelwärts, mietete ein Ruderboot und verbrachte einen unbeschwerten Sommernachmittag auf dem See.

Gegen Abend kehrte er im ›Ech‹ ein. Er ging zur Schank, um Max zu begrüßen, und sah, daß die Stammtischrunde größer geworden war. Hubert Schlömmer saß unter den anderen und redete offensichtlich so wenig wie auch sonst. Aber er schaute Käfer an und winkte ihn mit einer knappen Handbewegung an den Tisch. Die übrige Runde machte Platz. Käfer war verwirrt. Er sah sich mit einem Mal angenommen, eingemeindet, umringt. Gleichzeitig dachte er an das Schicksal, das in eben dieser Runde Eustach Schiller ereilt hatte. Einer, der Moser Franz, wenn er sich recht erinnerte, schien seinen Gedanken zu erraten.

»Wir tun nicht jedem was an.«

»Und wie komm ich zu der Ehre?«

»Wenn einer schon in der *Alpenpost* steht.«

»Der Herr Stadler hat die Geschichte interessant gefunden.«

»Und jetzt sind s' aufgscheucht im Ort, wie die Hendeln.«

Käfer hatte es aufgegeben, den Männern Namen zuzuordnen. Er griff nach dem Bierkrug und tat einen kräftigen Schluck.

»Und warum? Ich will doch von keinem was.«

»Das glaubt aber niemand.«

»Versteh ich nicht.«

»Also die Sache ist die. Die Muthspiel-Villa steht auf dem teuersten Baugrund von Aussee. Unbezahlbar, sag ich, unbezahlbar.«

»So ist es, Bertl. Trotzdem wollt ihn die Gemeinde immer kaufen. Sind noch nicht hoch genug, unsere Schulden. Aber es war sowieso hoffnungslos. Ein Haufen Eigentümer und alle zerstritten.«

»Und der siebengescheite Herr Schiller war am gierigsten. Der hat alles getan und tut alles, um das Grundstück zu bekommen, aber auch wirklich alles. Spielt den Narren und ist eiskalt auf seinen Vorteil aus.«

Jetzt wagte es Käfer, sich einzumischen. »Hab ich auch geglaubt. Jetzt bin ich meiner Sache aber nicht mehr so sicher.«

»Wer ist das schon, bei dem. Vor ein paar Monaten jedenfalls war zu erfahren, daß es nur noch zwei Eigentümer gibt und daß die bereit sind zu verkaufen. Da ist natürlich die Gemeinde munter geworden, und der Herr Schiller hat sich fast angebrunzt vor Kauflust.«

Käfer lachte. »Und was geht mich das an?«

»Gar nicht so wenig. Es hat schon immer Gerüchte gegeben, daß es damals bei der Erbschaft nach dieser Agathe Muthspiel nicht mit rechten Dingen zugegangen sein soll. Na und dann kommen Sie daher und zeigen ein Dienstbotenbuch herum, in dem ein paar Seiten fehlen, wo ein Testament draufstehen könnte.«

»Also hat die Gemeinde fürchten müssen, daß erst recht wieder niemand weiß, was wem gehört, und dem Herrn Schiller ist angst und bang geworden.«

Käfer stellte nachdenklich den Bierkrug auf den Tisch. »Was bin ich doch für ein naiver Mensch.«

Hubert Schlömmer grinste ihn an. »Könnt man auch vernagelt sagen?«

»Meinetwegen. Und jetzt: Prost, die Herren. Die nächste Runde geht auf mich.«

Nachdem der sozusagen offizielle Teil erledigt war, verloren die Männer am Stammtisch das Interesse an ihrem Gast und kehrten zu Themen zurück, die sie wirklich interessierten. Käfer wurde nicht zum Trinken gedrängt, ihm war aber danach. Er blieb sitzen, hörte zu und schaffte es sogar, zwischendurch auch einmal etwas zu erzählen. Als dann zu vorgerückter Stunde ein Pasch angesungen wurde, dachte er an die mahnenden Worte seines Freundes Toni und hütete sich davor, unqualifiziert mitzuwirken. Hubert Schlömmer bemerkte es anerkennend. »Wir bringen dir das bei, wenn's Zeit ist.«

Gegen Mitternacht verebbten die Gespräche allmählich. Endlich erhoben sich die Männer und weckten den einen, der schon schlief. Käfer schüttelte Hände, trat mit der Runde gemeinsam vor die Tür und fühlte sich entspannt und zufrieden wie kaum je zuvor.

## 25

Er hob den Kopf und sah die Sterne über sich. Der Mond zeigte nur eine schmale Sichel. Käfer war nicht betrunken, aber auch weit davon entfernt, nüchtern zu sein. Keiner der Männer ging in seine Richtung, auch nicht der Schlömmer Hubert. Weiß der Teufel, wo es den noch hinzog. So blieb Daniel Käfer auf dem Heimweg allein. Die Luft war warm und roch nach Heu. Abseits des beleuchteten Weges war es sehr dunkel. Nur vereinzelt waren ein paar helle Fenster zu sehen.

Seltsam, diese Einladung an den Stammtisch.

Offenbar war es darum gegangen, Dinge zurechtzurücken und einem begriffsstutzigen Fremden die Augen zu öffnen. Aber er hatte dann in der Runde bleiben dürfen. Käfer spürte leisen Trotz. Was war das schon? Eigentlich konnten die Männer stolz darauf sein, einen wie ihn bei sich zu haben. Aber sie waren nun einmal nicht stolz darauf. Und so hielten sie es mit allen wirklich oder angeblich Prominenten, die ins Ausseerland kamen.

Gleichviel. In den letzten Tagen war es ihm nicht gutgegangen. Jetzt fühlte er sich wieder geborgen in einer Landschaft, die er liebte, unter Menschen, die er mochte.

Die Stille, die ihn weich und schwarz umgab, machte ihm keine Angst. Das Geräusch seiner Schritte verlor sich in ihr, er hörte sich atmen.

Irgendwo in der Nacht stand das Haus, in dem er wohnte. Wie schön, nach Hause zu kommen, Schritt für Schritt.

Die Tür war unversperrt wie immer. Er suchte im Dunkeln seinen Weg nach oben und bemühte sich, leise zu sein. Dann sah er Licht von seinem Zimmer her. Vielleicht hatte es ihm Frau Schlömmer erleichtern wollen, ins Bett zu finden?

Als er eintrat, hob Anna, die auf der Bettkante saß, den Kopf.

»Spät bist du dran.«

»Der Stammtisch im ›Ech‹. Was in aller Welt willst du hier?«

»Mit dir reden, ungestört. Oder ist dir das nicht recht, ich meine, so privat?«

»Schon gut. Ich versteh nur nicht...«

Sie klopfte mit der flachen Hand auf den Platz neben sich. »Komm her, du.«

Jetzt erst bemerkte Käfer, daß Anna Mizzis dunkles Dirndlkleid trug. »Was ist denn los mit dir?«

»Was soll schon sein?« Sie senkte den Kopf. »Schöne Grüße soll ich ausrichten.«

»Von wem?«

»Von der Ur-Omi. Sie hat gleich Bescheid gewußt, als du ihr damals deinen Namen gesagt hast.«

»Weiß ich.«

»Aber etwas weißt du nicht. Deine Mizzi und sie waren Freundinnen, wirklich gute.«

»Wann?«

»Dem Ende zu. Deine Urgroßtante ist als alte Frau ja öfter in die ›Scheichlmühle‹ gekommen. In den anderen Wirtshäusern wollte sie keiner mehr haben. Verwirrt war sie, streng gerochen hat sie, und auf die paar Groschen, die sie zahlen hat können, war niemand neugierig. Alle haben sich gewundert darüber, daß sie die Frau Hürsch noch in ihrem Haus geduldet hat. Ich erzähle das einfach so, wie ich es erzählt bekommen habe.«

»Laß hören, Anna.«

»Was diese Geschichten angeht, die man der Mizzi nachsagt – eigentlich war's nur eine Geschichte, immer und immer erzählt und jedesmal ein bißchen anders. In ihrer Jugend soll sie lange bei einer reichen und berühmten Frau im Dienst gewesen sein.«

»Agathe Muthspiel.«

»Die Mizzi hat nie einen Namen genannt. Das darf sie nicht, hat sie gesagt, weil es ihr sonst ans Leben geht.«

»Und weiter?«

»Eigentlich wär sie reich, die Mizzi, ganz ungeheuer reich. Aber man hat sie um alles betrogen. Und dann ist die Phantasie mit ihr durchgegangen. Einmal war's ein Rennstall in Baden, dann ein Schlößl in Grundlsee oder einfach Geld auf der Bank, ein ganzer Tresor voll. Sie hat viel gelesen, und mit der Zeit ist in ihrem Kopf eine Welt entstanden, die sie mit der Wirklichkeit verwechselt hat. Die Mizzi hat sich auch angelernt, fein zu reden, wie bessere Leute eben. Aber nur eine hat ihr am Ende noch zugehört, vielleicht weil die Ur-Omi damals noch jung war und selber gern spintisiert hat.«

»Und von diesem Dienstbotenbuch war nie die Rede?«

»Erst als es der Mizzi ganz schlechtgegangen ist. Sie hat daheim sterben wollen, bei ihrer Familie in Graz. Aber vorher hat sie von der Frau Muthspiel erzählt und vom Testament. Da, schau einmal.«

Anna hielt jetzt ein vergilbtes Blatt Papier in der Hand.

»Das hat im Dienstbotenbuch noch gefehlt. Ich erzähl dir, was draufsteht, Daniel. Die Frau Muthspiel vererbt ihr die Villa und den Park. Das hat schon einmal vorkommen können. Es hat immer wieder Herrschaften in Aussee gegeben, die kinderlos waren oder mit der Verwandtschaft zerstritten. So sind eben dann und wann auch einmal Dienstboten zum Zug gekommen. Die Mizzi hat also geerbt, aber auch wieder nicht. Nach ihren Worten hat sie das Testament arglos den nächsten Verwandten von der Frau Muthspiel gezeigt. Und die haben ihr auf den Kopf zugesagt, daß sie alles gefälscht habe, eine Lügnerin und Betrügerin. Ein Anwalt ist ins Haus gekommen und hat der Mizzi gedroht, sie vor das Gericht und ins Gefängnis zu bringen. Dann wäre er ganz freundlich geworden, direkt väterlich, hat die Mizzi erzählt. Es gäbe da schon einen Ausweg: Das Testament verschwindet, und die Familie Muthspiel würde schon dafür sorgen, daß der Mizzi nichts abgeht, in ihrem künftigen Leben. Kurz gesagt: Sie hat das Blatt herausgeschnitten, aber nicht weggeworfen. Bald darauf ist sie dann schmählich entlassen worden. Als sie Jahre nachher zur Frau Hürsch gekommen ist, hat sie sich keinen anderen Rat gewußt, als die Seiten mit den schlechten Zeugnissen verschwinden zu lassen.«

»Könnte aus der ›Gartenlaube‹ sein, die Geschichte.«

»Wer weiß? Jedenfalls hat die Mizzi meiner Urgroßmutter das Testament überlassen und gesagt, daß es vielleicht später einem Nachkommen Glück und Reichtum bringen könnte.«

»Und dann komme eines Tages ich zur Tür herein.«

»Ja. Wir haben Familienrat gehalten, und die Ur-Omi hat gemeint, daß du wenigstens irgendwie Bescheid wissen solltest. Jedenfalls hab ich erst einmal geschaut, was du für einer bist.«

»Und was für einer bin ich?«

»Es geht.«

»Und dann habt ihr mich Schritt für Schritt auf die richtige Spur gebracht, und ich habe brav mitgespielt.«

»Der Peter hat nicht wirklich Bescheid gewußt. Und für mich waren die Blätter in deinem Medaillon und das Dirndl mit der eingenähten Tasche auch eine Überraschung.«

Käfer betrachtete Anna. »Eine sehr passende Überraschung.«

»Nicht wahr? Als du angefangen hast, mit deiner Neugier Unfrieden zu stiften, und dann resigniert hast, haben wir uns gesagt, daß die Geschichte ja doch ein richtiges Ende haben soll. Das war's dann. Ich kann nicht so gut erzählen. Zufrieden?«

»Nein. Was ist jetzt? Ist die Mizzi wirklich ins Wasser gegangen?«

»Es stimmt alles so, wie du es gehört hast. Sie ist verschwunden, vielleicht wirklich zurück nach Graz?«

»Nein. Das hätte mein Bruder herausbekommen. Und der Stein am Traunufer?«

»Über den weiß niemand so richtig Bescheid.«

»Und wie ist das jetzt mit dem Erbe?«

»Da, schau einmal her, Daniel.« Anna zeigte ihm die Seite mit Mizzis Unterschrift. »Und jetzt einmal, zum Vergleich, die Schrift von der Agathe Muthspiel.«

»Auffallend ähnlich, was?«

»Haben wir uns auch gesagt. Vielleicht war die Mizzi ja wirklich nur eine begabte Geschichtenerzählerin.«

»Und so gesehen eine, auf die gerade ich besonders stolz sein könnte.«

»Ja.«

»Hübscher Gedanke, Anna. Aber dann hätte die Mizzi auch die Einleitung zum Testament fälschen müssen. Den Anfang weiß ich auswendig, weil ich immer wieder darüber nachgedacht habe: *Meine Lebenszeit neigt sich dem Ende zu, und es gilt Mannigfaches zu ordnen. Mit den Jahren ist mir Maria Käfer, meine Mizzi, ganz besonders ans Herz gewachsen, ja, zur vertrauten Freundin geworden. Ich lebe als Witwe unter vielen Menschen, die mir Gesellschaft bieten, doch keine Nähe.* Solche Sätze traue ich einem jungen, ungebildeten Mädchen einfach nicht zu.«

»Davon verstehst du mehr als ich, Daniel. Aber wenn ich so überlege ..., also doch ein echtes Testament?«

»Gut möglich, doch ohne rechtliche Bedeutung, da muß ich nicht einmal meinen Bruder zu Rate ziehen. Alles längst verjährt, Anna.«

»Und ich hab schon geglaubt, daß ich neben einem reichen Mann auf der Bettkante sitze.«

»Pech gehabt. Und wie geht es weiter?«

»Wenn du das nicht weißt?«

Daniel Käfer legte einen Arm um Anna, sie entzog sich ihm und stand auf.

»Was mir die Urgroßmutter aufgetragen hat, wär erledigt. Und jetzt kommt, was ich will.«

Ihre kleine Gestalt überragte ihn, beugte sich

vor, warf ihn um und ließ sich dann leicht und weich auf ihn fallen.

Wie spät? Egal. Was für ein Tag? Irgendeiner. Käfer wollte sich in den Schlaf zurückflüchten, aber das ließ die Sonne nicht zu. Außerdem hatte er Durst. Er ging ins Badezimmer, trank zwei Gläser Wasser, kehrte zurück und schaute aus dem Fenster. Das helle Licht tat weh. Er drehte sich um. Mizzis Koffer lag geöffnet und leer auf dem Fußboden. Käfer strich sich über die Stirn, fuhr mit den Fingern durchs Haar und versuchte erst gar nicht, einen klaren Gedanken zu fassen.

»Guten Morgen, Herr Käfer! Gut schauen wir aus.« Frau Schlömmer stand in der Küchentür, umwölkt von Bratenduft. »Gleich ist Mittag. Essen Sie mit mir?«

»Lieber nicht. Wo ist der Hubert?«

»Er wird es schon wissen.«

»Ach so. Habe ich Sie aufgeweckt in der Nacht?«

»Nein, warum?«

»Es ist spät geworden.«

»Dann haben Sie ihn leise ins Bett gebracht, Ihren Rausch.«

»Ja? So arg war es übrigens nicht.«

»Wollen Sie nicht doch was essen?«

»Ich versuch's.«

Frau Schlömmers Schweinsbraten hatte ausgezeichnet geschmeckt, der kleine Schnaps nachher konnte als läßliche Sünde gelten, und so schritt Käfer, eins mit sich und der Welt, munter aus. Im ›Ech‹ angekommen, war er aber doch froh, den Weg in der Mittagshitze hinter sich zu haben. Seufzend nahm er Platz und griff sich an die Stirn.

Anna kam zum Tisch. »Was ist? Schlecht geschlafen?«

»Im Gegenteil.«

»Na also. Frühstück?«

»Ich weiß nicht recht. Ich habe gerade bei der Frau Schlömmer zu Mittag gegessen.«

»Dann lassen wir's besser bleiben.«

»Der Koffer ist leer.«

»Welcher Koffer?«

»Ach so. Verstehe. Du, Anna …«

»Ja?«

»Nichts.«

»Wie wär's mit einem Mittagsschlaf, Daniel? Älteren Männern tut so was gut, manchmal.«

»Wie du meinst. Dann eben wieder zurück ins Bett mit mir. Ich frage mich nur, warum ich hierhergekommen bin.«

»Wenn du das nicht weißt?«

Das mit dem Schnaps war ja doch ein Fehler gewesen. Unmerklich glitt Käfer wieder in jene Stimmung, die ihn auf seinem nächtlichen Heimweg begleitet hatte. Nur war es diesmal hell und heiß um ihn. Keine Dunkelheit, die Bilder gegen Träume tauschte.

Er kam zum Haus, trat ein, ging langsam die Treppe hinauf und blieb in der geöffneten Zimmertür stehen.

»Sabine, du?«

Sie wandte sich ihm zu, blond, groß, verläßlich liebenswert. Vor ihr lag Mizzis Koffer, angefüllt mit Kameragehäusen und Objektiven.

»Kann ich den haben, Daniel? Ich mag ihn irgendwie.«

Er stand noch immer in der Tür.

»Alles kannst du haben.«

»Alles ist zuviel.«

## *Alfred Komarek im Diogenes Verlag*

### *Polt muß weinen*

Roman

In Brunndorf, einem niederösterreichischen Weinbauerndorf, gehen die Uhren noch anders. Der sympathische Gendarmerie-Inspektor Simon Polt, Junggeselle und Halter eines eigenwilligen Katers, hat mit seinen Weinbauern schon so manche Nacht durchzecht. Polt gehört dazu. Dann aber steht er vor der Leiche Albert Hahns, der in seinem Weinkeller durch Gärgas umgekommen ist. So etwas passiert in einer Winzergegend, doch diesmal, sagt der Gemeindearzt, »hat es den Richtigen erwischt«. Er spricht aus, was fast alle im Dorf denken, und tatsächlich hätte auch so gut wie jeder ein Motiv für diese Tat gehabt...

»Mit Simon Polt, dem gutmütigen, aber beharrlichen Gendarmerie-Inspektor, betritt ein Krimiheld die Bühne, von dem man sich wünscht, daß er mit seiner stillen, schüchternen und schlichten Art noch viele Fälle zu lösen haben wird. Polt ist kein cooler Krimiheld. Er ist ein Landmensch, tief verwurzelt im Alltag des kleinen, an der tschechischen Grenze gelegenen Weinbauerndorfes.« *Salzburger Nachrichten*

»Eine einmalige Milieustudie!«
*Österreichischer Rundfunk, Wien*

Ausgezeichnet mit dem Glauser 1999.

### *Blumen für Polt*

Roman

Gerade noch hat Willi – ein geistig Behinderter und Außenseiter im Weinbauerndorf – Simon Polt einen Strauß Wiesenblumen gepflückt. Wenige Stunden später wird er tot unter einem Lößabsturz aufgefunden.

Und noch mehr geschieht im sonst so ruhigen Wiesbachtal: Ein tödlicher Verkehrsunfall ereignet sich, mit einigen Ungereimtheiten. Eine Kindergang, die in verlassenen Kellergassen, verfallenen Preßhäusern und verwachsenen Hohlwegen ihr Unwesen treibt, hat den festen Vorsatz, ein düsteres Geheimnis nicht preiszugeben.
Gendarmerie-Inspektor Polt folgt bedächtig und unbeirrbar all diesen Spuren, zum Ärger einiger aufgebrachter Bauern und erboster Eltern, zum Unmut auch der von ihm so geschätzten Lehrerin Karin Walter...

»Komarek versteht sich auf die Kunst, einen Fall scheinbar zu lösen und dann hinterrücks völlig neu aufzurollen. Und ganz nebenbei entwirft er das Panorama einer Idylle, um die man fürchten muß und die zum Fürchten ist. *Blumen für Polt* – eine kriminalistische Weinlese aus dem Weinviertel, trocken, aber süffig!«
*Ulrich Klenner/Bayerischer Rundfunk, München*

## *Himmel, Polt und Hölle*

Roman

Ein glühend heißer Sommer im Wiesbachtal. Doch wieder mal trügt die Landidylle. Einer beginnt zu zündeln, aus dummen Späßen werden handfeste Schweinereien, schließlich Sabotage und – Mord.
Simon Polt ermittelt diesmal nicht nur in Wirtshäusern und Kellergassen, sondern auch an einem Ort, den er bislang nur mit respektvoller Scheu betreten hat, dem Pfarrhaus. Konfrontiert wird er unter anderem mit einer bildschönen Pfarrköchin mit bewegter Vergangenheit. Einem verliebten Mesner. Einer Menge abgewiesener Verehrer. Einem zynischen Weinkritiker, der so manche Karriere auf dem Gewissen hat. Einem gescheiterten Lehrer. Und einem Pfarrer, der eine erstaunliche Beichte ablegt.

Und Polt wäre nicht Polt, würde er am Ende nicht mit dem Übeltäter, den er dann doch stellt – erst noch mal einen trinken gehen…

»Wir riechen die Atmosphäre der ›Preßhäuser‹ und schmecken die Weine und die deftigen Speisen. Aber wir fühlen auch den *horror vacui* und die Beklemmungen eines nebligen Herbstabends auf dem Lande. Alles zusammen macht die Polt-Romane extrem spannend.«
*Thomas Wörtche/Freitag, Berlin*

## *Polterabend*

Roman

Eine klirrend kalte Vollmondnacht im Wiesbachtal. Man hat sich zur Eisweinlese zusammengefunden. Da fließt statt Rebensaft Blut aus der alten Presse. Was ist im einsam gelegenen Preßhaus des Weinbauern Karl Fürnkranz geschehen? Polt ermittelt im Umfeld des Opfers. Weitere Spuren führen ins Rotlichtmilieu jenseits der tschechischen Grenze. Als der Gendarm dann von einem alptraumhaften Polterabend im Preßhaus erfährt, sieht er sich in auswegsloser Lage…

»Ein Krimi an vielen Grenzen: Nicht nur zwischen dem Weinviertel und der sich schnell allen marktwirtschaftlichen Untugenden öffnenden tschechischen Republik, sondern auch zwischen den fast archaischen Verhältnissen einer von Hand produzierenden Winzergesellschaft und einer Mobiltelefon-Society. Immer spannend und durchweg sehr unterhaltsam.«
*General-Anzeiger, Bonn*

## *Kurt Lanthaler im Diogenes Verlag*

### *Der Tote im Fels*

Ein Tschonnie-Tschenett-Roman

Bei Bauarbeiten für einen Eisenbahntunnel am Brenner wird eine nur wenige Tage alte Leiche aus dem massiven Fels freigesprengt. Keiner kann sich erklären, wie sie dorthin gekommen ist. Die einzigen Hinweise liegen im Aktenkoffer des Toten. Und den hat Tschonnie Tschenett, Ex-Matrose und Aushilfs-LKW-Fahrer mit der fatalen Neigung, seine Nase in obskure Dinge zu stecken. So macht er unfreiwillig die Bekanntschaft mit skrupellosen Grundstückspekulanten, alten und neuen Nazis und ähnlich üblen Subjekten. Tschenett entdeckt, daß große Bauvorhaben lange Schatten vorauswerfen.

»Genaue Milieuschilderungen, feine Gedankenspiele, sauber durchgestaltete Dramaturgie.«
*Buchkultur, Wien*

### *Herzsprung*

Ein Tschonnie-Tschenett-Roman

Sein Freund Totò von der italienischen Grenzpolizei hatte ihn ja gewarnt. Aber Tschonnie Tschenett steckt tief in einer Sinnkrise und ist bereit, den nächstbesten LKW-Auftrag anzunehmen, Hauptsache, er bringt ihn weit weg. Das erreicht er auf Anhieb. Denn gleich beim ersten Job hat er die Bullen am Hals und muß über die grüne Grenze. Für eine dubiose Schweizer Firma übernimmt Tschenett Fahrten nach Berlin und nach Herzsprung bei Wittstock. Dort trifft er einen alten Kumpel wieder, der für dieselbe Firma arbeitet und Tschenett mit leicht zu verdienendem Geld lockt. Wie schmutzig der Job in Wirklichkeit ist, begreift der Amateurdetektiv erst, als er im Fernsehen das Bild eines toten Vietnamesen sieht. Mit dem er vor kurzem noch Geschäfte gemacht hat. Ein sozialkritischer Thriller und atemberaubender ›road-movie‹.

»Ein Roman, der schon kurz nach seinem Erscheinen von der Realität eingeholt wurde. Ein trauriger Beweis für das brillante Gespür Lanthalers, realistische und spannende Stoffe für seine Romane zu finden. Ein fesselndes Lesevergnügen der besonderen Art.«
*Deutsche Welle, Köln*

## *Azzurro*

Ein Tschonnie-Tschenett-Roman

Der vierte Tschonnie-Tschenett-Roman bringt Licht in die dunkle Vergangenheit seines gleichnamigen ›Helden‹. Er beginnt 1977: Tschonnie Tschenett, Matrose an Bord eines Seitenfängers, der unter Grönland auf Fischfang geht, wird beschuldigt, einen Kollegen über Bord geworfen und damit umgebracht zu haben. Zwanzig Jahre müssen vergehen, bis sich der Amateurdetektiv für das damals erlittene Unrecht rächen kann. 1997: Tschenett, gerade aus einem Hamburger Knast entlassen, sehnt sich nach einem Klimawechsel. Nach diversen abenteuerlichen Erlebnissen am Brenner und in Italien landet er in Albanien, einem Land am Rande des Bürgerkriegs. Tschenett erlebt, was es bedeutet, wenn ein Land auf der Einkaufsliste legaler wie illegaler Geschäftemacher steht.

»Lanthaler gräbt tiefer und gerät damit an die Wurzeln der Übel. Er erzählt genau und dabei spannend, er erzählt witzig, ohne Souveränität und Wahrheitsgehalt einzubüßen. Er erzählt so, daß jemand, der in zweihundert Jahren Genaueres von unserem heutigen Tun und Lassen wissen wollte, mit einem solchen Buch bestens bedient wäre.«
*Österreichischer Rundfunk, Wien*

## *Weißwein und Aspirin*

Hirnrissige Geschichten

Beim Namen Kurt Lanthaler denkt man vor allem an seine Tschonnie-Tschenett-Romane. Die pointierten Geschichten des Bandes *Weißwein und Aspirin* zeigen erzählerische Aspekte von überraschender Vielfalt.

»Lanthaler zeigt, daß die Short-Story längst nicht so tot ist, wie viele Rezensenten gern behaupten. Eine lakonische, brillant zurechtgefeilte Sprache, die präziser und disziplinierter nicht sein könnte. Lanthalers bestes Buch!« *Michael Horvath/Buchkultur, Wien*

»Pointierte Geschichten, hintergründig, skurril und vor allem witzig.« *Christine Hofer/Tip, Innsbruck*

## *Napule*

Ein Tschonnie-Tschenett-Roman

Kaum ist der Exmatrose und Ex-LKW-Fahrer Tschonnie Tschenett in Neapel an Land gegangen, wird er Opfer einer Razzia und hat es auch weiterhin verschärft mit den Uniformierten zu tun, denn sein alter Freund Totò schleppt ihn mit zum G-8-Gipfel, einer gespenstischen Veranstaltung der europäischen Polizei zur organisierten Kriminalität. In Napule – wie die Einheimischen sagen – herrscht der Ausnahmezustand: Die Jugend liefert sich Straßenschlachten mit der Polizei, diese verschleppt Zivilisten als Geiseln, und eine Bande von betrügerischen TV-Wahrsagern zockt die gesamtitalienische Bevölkerung ab – Tschenetts einziger Halt in diesem wilden Treiben ist ein kleines Grüppchen von Freunden: Totò, Inspektor Ciro, genannt *ó professore*, dessen Frau Angela und deren rebellische Tochter Sera, die auf dem Höhepunkt der Ereignisse spurlos verschwindet.

»Der beste, kraftvollste Krimi der Saison.«
*Allegra, Hamburg*

# *Jason Starr im Diogenes Verlag*

Jason Starr, geboren 1968, wuchs in Brooklyn auf und begann in seinen College-Jahren zu schreiben, zunächst Kurzgeschichten, später auch Romane und Theaterstücke. Früher verkaufte er Parfüm, Computer und – Höhepunkt seiner Karriere – unzerreißbare Strumpfhosen und redete sich die Seele aus dem Leib als Telefonverkäufer. Heute ist Jason Starr selbsternannter Experte für American Football und Baseball, für Pferderennen und Glücksspiel. Er lebt in New York.

»Jason Starr ist ein phantasievoller Autor und schreibt so rabenschwarz wie im Hollywood der vierziger Jahre. Als ein gescheiter Krimi noch ein richtiger Lesegenuß war.«
*Martina I. Kischke/Frankfurter Rundschau*

»Die unwiderstehliche Schwärze und Rasanz, in der Jason Starr den ethischen und zwischenmenschlichen Niedergang seiner Protagonisten schildert, sucht ihresgleichen.« *Stadtblatt Osnabrück*

*Top Job*
Roman. Aus dem Amerikanischen
von Bernhard Robben

*Die letzte Wette*
Roman. Deutsch von Bernhard Robben

*Ein wirklich netter Typ*
Roman. Deutsch von Hans M. Herzog

*Hard Feelings*
Roman. Deutsch von Bernhard Robben

*Twisted City*
Roman. Deutsch von Bernhard Robben